飘扬起你青春的旗

梁晓声/著

名家散文
青春版

梁晓声经典散文

山东文艺出版社

图书在版编目（CIP）数据

飘扬起你青春的旗 / 梁晓声著. -- 济南 : 山东文艺出版社, 2025. 6. -- ISBN 978-7-5329-7386-6

Ⅰ. I267

中国国家版本馆 CIP 数据核字第 2025M3B085 号

飘扬起你青春的旗
PIAOYANG QI NI QINGCHUN DE QI

梁晓声　著

主管单位	山东出版传媒股份有限公司
出版发行	山东文艺出版社
社　　址	山东省济南市英雄山路 189 号
邮　　编	250002
网　　址	www.sdwypress.com
读者服务	0531-82098776（总编室）
	0531-82098775（市场营销部）
电子邮箱	sdwy@sdpress.com.cn
印　　刷	肥城源盛印刷有限公司
开　　本	710 毫米 × 1000 毫米　1/16
印　　张	14
字　　数	171 千
版　　次	2025 年 6 月第 1 版
印　　次	2025 年 6 月第 1 次印刷
书　　号	ISBN 978-7-5329-7386-6
定　　价	39.00 元

版权专有，侵权必究。如有图书质量问题，请与出版社联系调换。

目 录

第一单元 精读美文

003/ 母　亲

036/ 父母是最朴素的人文

040/ 老　妪

042/ 父亲的演员生涯

050/ 大象、小象和人

054/ 双琴祭

062/ 我和橘皮的往事

065/ 看自行车的女人

071/ 孩子和雁

第二单元　泛读美文

一　我的父母

081/ 母亲养蜗牛

088/ 给哥哥的信

093/ 罐头的故事

103/ 母亲播种过什么

108/ 父亲的荣与辱

113/ 心灵的花园

二　花儿与少年

121/ 飘扬起你青春的旗

125/ 第一支钢笔

129/ 我的班主任和语文老师

134/ 我的中学

146／ 花儿与少年

151／ 赏悦你的花季

三　不速之客

155／ 一只风筝的一生

162／ 老水车旁的风景

167／ 小垃圾女

173／ 老茶农和他的女儿

182／ 不速之客

187／ 狍的眼睛

四　阅读一颗心

195／ 写作与语文

201／ 读，是一种幸福

203／ 我与唐诗宋词

207／ 有什么孩子就有什么未来

217／ 文明的尺度

第一单元　精读美文

母 亲

淫雨在户外哭泣,瘦叶在窗前瑟缩。这一个孤独的日子,我想念我的母亲。有三只眼睛隔窗瞅我,都是那杨树的眼睛。愣愣地呆呆地瞅我,我觉得那是一种凝视。

我多想像一个山东汉子,当面叫母亲一声"娘"。

"娘,你做啥不吃饭?"

"娘,你咋的又不舒坦?"

荣城地区一个靠海的小小村庄的山东汉子们,该是这样跟他们的老母亲说话的吗?我常遗憾那儿对于我只不过是"籍贯",如同一个人的影子当然是应该有,而没有其实也没什么。我无法感知父亲对那个小小村庄深厚的感情。因为我出生在哈尔滨市,长大在哈尔滨市。遇到北方人我才认为是遇到了家乡人。我大概是历史上最年轻的"闯关东"者的后代——当年在一批批被灾荒从胶东大地向北方驱赶的"移民"中,有个年仅十二岁的孑然一身、衣衫褴褛的少年,后来他成了我的父亲。

"你一定要回咱家去一遭!那可是你的根土!"

父亲每每严肃地对我说,"咱"说成"砸",我听出了很自豪的意味。

我不知我该不该也感到同样的自豪，因为据我所知那里并没有什么值得自豪的名山和古迹，也不曾出过一位差不多可以算作名人的人。然而我还是极想去一次，因为它靠海。

可母亲的老家又在哪里呢？靠近什么呢？

母亲从来也没对我说过希望我或者希望她自己能回一次她的老家的话。

母亲是吉林人吗？我不敢断定。仿佛是的。母亲是出生在一个叫"孟家岗"的地方吗？好像是，又好像不是。也许母亲出生在佳木斯市附近的一个地方吧？父亲和母亲当年共同生活过的一个地方？

我很小的时候，母亲常一边做针线活，一边讲她的往事——兄弟姐妹众多，七个，或者八个。有一年农村闹天花，只活下来三个——母亲、大舅和老舅。

"都以为你大舅活不成了，可他活过来了。他睁开眼，左瞧瞧，右瞧瞧，见我在他身边，就问：'姐，小石头呢？小石头呢？'我告诉他：'小石头死啦！''三丫呢？三丫呢？三丫也死了吗？'我又告诉他：'三丫也死啦！二妹也死啦！憨子也死啦！'他就哇哇大哭，哭得闭过气去……"

母亲讲时，眼泪扑簌簌地落。落在手背上，落在衣襟上，也不拭，也不抬头。一针一针，一线一线，缝补我的或弟弟妹妹们的破衣服。

"第二年又闹胡子，你姥爷把骡子牵走藏了起来，被胡子们吊在树上，麻绳沾水抽……你姥爷死也不说出骡子在哪儿。你姥姥把我和你大舅一块儿搂在怀里，用手紧捂住我们的嘴，躲在一口干井里，听你姥爷被折磨得呼天喊地。你姥姥不敢爬出干井去说骡子在哪儿，胡子见女人没有放过的。后来胡子烧了我们家，骡子保住了，你姥爷死了……"

与其说母亲是在讲给我们几个孩子听,莫如说更是在自言自语,更是一种回忆的特殊方式。

这些烙在我头脑里的记忆碎片,就是我对母亲的身世的全部了解。加上"孟家岗"那个不明确的地方。

我的母亲在她没有成为母亲之前拴在贫困生活中多灾多难的命运就是如此。

后来她的命运与父亲拴在一起仍是和贫困拴在一起。

后来她成了我们的母亲,又将我和我的兄弟姐妹拴在了贫困上。

我们扯着母亲褪色的衣襟长大成人。在贫困中她尽了一位母亲最大的责任……

我对人的同情心最初正是以对母亲的同情形成的。我不抱怨我扒过树皮捡过煤核的童年和少年,因为我曾这样分担着贫困对母亲的压迫。并且生活亦给予我厚重的馈赠——它教导我尊敬母亲以及一切以坚忍捧抱住艰辛的生活、绝不因茹苦而撒手的女人……

在这一个淫雨潇潇的孤独的日子,我想念我的母亲。

隔窗有杨树的眼睛愣愣地呆呆地瞅我……

那一年,我的家被"围困"在城市里的"孤岛"上——四周全是两米深的地基壑壕、拆迁废墟和建筑备料。几乎一条街的住户都搬走了,唯独我家还无处可搬。因为我家租住的是私人房产——房东欲趁机向建筑部门讨要一大笔钱,而建筑部门认为那是无理取闹。结果直接受害的是我家。正如我在小说《黑纽扣》中写的那样,我们一家成了城市中的"鲁滨逊"。

小姨回到农村去了,在那座二百余万人口的城市,除了我们的母亲,我们再无亲人。而母亲的亲人即她的几个小儿女。母亲为了微薄的工资在铁路工厂做临时工,出卖一个底层女人的廉价的体力。翻砂——那是男人们干得很累很危险的重活。临时工谈不上什么劳动保护，全凭自己在劳动中格外当心。稍有不慎，便会被铁水烫伤或被铸件砸伤、压伤。母亲几乎没有哪一天不带着轻伤回家的。母亲的衣服被迸溅的铁水烧出一片片的洞。

　　母亲上班的地方离家很远，附近没有公共汽车可乘。即便有，母亲也必舍不得花五分钱一毛钱乘车。母亲每天回到家里的时间，总在七点半左右。吃过晚饭，往往九点来钟了。我们上床睡，母亲则坐在床角，将仅仅二十烛光的灯泡吊在头顶，凑着昏暗的灯光为我们补缀衣裤。当年城市里强行节电，居民不允许用超过四十烛光的灯泡。而对于我们家来说，节电却是自愿的，因那同时也意味着节省电费。然而代价亦是惨重的。母亲的双眼就是在那些年里熬坏的，至今视力昏错。有时我醒夜，仍见灯亮着，仍见母亲在一针一针、一线一线地缝补，仿佛一台自动操作而又不发声响的缝纫机。或见灯虽亮着，而母亲肩靠着墙，头垂于胸，补物在手，就那么睡了。有多少次，母亲就是那么睡了一夜。清晨，在我们横七竖八陈列一床酣然梦中的时候，母亲已不吃早饭，带上半饭盒生高粱米或生大饼子，悄没声息地离开家，迎着风或者冒着雨，像一个习惯了独来独往的孤单旅人似的，"翻山越岭"，跋涉出连条小路都没给留的"围困"地带去上班。还有不少日子，母亲加班，我们一连几天甚至十天半个月见不着母亲的面。只知母亲昨夜是回来了，今晨又刚走了，要不灯怎么挪地方了呢？要不锅内的高粱米粥又是谁替我们煮上的呢？

　　才三岁多的小妹她想妈，哭闹着要妈。她以为妈没了，永远也见不到妈了。我就安慰她，向她保证晚上准能见到妈。为了履行我的诺言，我与困吨抵抗，坚持不睡。至夜，母亲方归，精疲力竭，一心只想立刻放倒身体的样子。

　　我告诉母亲小妹想她。

　　"嗯，嗯……"母亲倦得一边闭着眼睛脱衣服，一边说，"我知道，知道的。别跟妈妈说话了，妈困死了……"

话没说完搂着小妹便睡了。

第二天，小妹醒来又哭闹着要妈。

我说："妈妈是搂着你睡的！不信？你看这是什么？"

枕上深深的头印中，安歇着几根母亲灰白的落发。

我用两根手指捏起来给小妹看："这不是妈妈的头发吗？除了妈妈的头发，咱家谁的头发这么长？"

小妹用两根手指将母亲的落发从我手中捏过去，神态异样地细瞧，接着放在母亲留于枕上的深深的被汗渍所染的头印中，趴在枕旁，守着。好似守着的是母亲……

最堪怜是中秋、国庆、新年、春节前夕的母亲。母亲每日只能睡上两三个小时。五个孩子都要新衣裳穿。没有，也没钱买。母亲便夜夜地洗、缝、补、浆。若是冬季里，洗了上半夜搭到外边去冻着，下半夜取回屋里，烘烤在烟筒上。母亲不敢睡，怕焦了着了。母亲是个刚强的女人，她希望我们在普天同庆的节日，即使穿不上件新衣服，也要从里到外穿得干干净净。尽管是打了补丁的衣服……

她还想方设法美化我们的家。家像地窖，像窝，像土丘之间的窝。土地，四壁落土，顶棚落土。它使不论多么神通广大的女人为它而做的种种努力，都在几天内变成徒劳。

母亲却常说："蜜蜂蚂蚁还知道清理窝呢，何况人！"

母亲即使拼尽她那残余的一点精力，也非要使我们的家在短短几天的节日里多少有点家样不可。

"说不定会有什么人来！"

母亲心怀这等美好的愿望，颇喜悦地劳碌着。

然而没有个谁来。

没有个谁来母亲也并不觉得扫兴和失望。

生活没能将母亲变成懊丧的怨天怨地的女人。

母亲分明是用她的心锲而不舍地衔着一个乐观。那乐观究竟根据什么？当年的我无从知道，如今的我似乎知道了，从母亲默默地望着我们时目光中那含蓄的欣慰。她生育了我们，她就要把我们抚养成人。她从未怀疑她不能够。母亲那乐观在当年所依仗的也许正是这样的信念吧？唯一的始终不渝的信念。

我们依赖于母亲而活着。像蒜苗之依赖于一棵蒜。当我们到了被别人估价的时候，母亲她已被我们吸收空了。没有财富和书本知识，母亲是位一无所有的母亲。她奉献了满腔满怀恒温不冷的心血供我们吮咂！母亲啊，娘！我的老妈妈！我无法宽恕我当年竟是那么不知心疼您、体恤您。

是的，我当年竟是那么不知心疼和体恤母亲。我以为母亲就应该是那样任劳任怨的。我以为母亲天生就是那样一个劳碌不停而又不觉得累的女人。我以为母亲是累不垮的。其实母亲累垮过多次。在夜深人静的时候，在我们做梦的时候，母亲几回瘫软在床上，暗暗恐惧于死神找到她的头上了。但第二天她总会连她自己也不可思议地挣扎了起来，又去上班……

她常对我们说："妈不会累垮，这是你们的福分。"

我们不觉什么福分，却相信母亲累不垮。

在北大荒，我吃过大马哈鱼。肉呈粉红色，肥厚，香。乌苏里江或黑龙江的当地人，习惯将大马哈鱼肉包饺子，视为待客的佳肴。

前不久我从电视中看到大马哈鱼：母鱼产子，小鱼孵出。想不到它们竟是靠噬食它们的母亲而长大的。母鱼痛楚地翻滚着、扭动着，瞪大它的眼睛，张开它的嘴和它的鳃，搅得水中一片红，却并不逃走，直至奄奄一息，直至狼藉成骸……

我的心当时受到了极强烈的刺激。

瞬忽间联想到长大成人的我自己和我们的母亲。

联想到我们这九百六十万平方公里土地上一切曾在贫困之中和仍在贫困之中坚忍顽强地抚养子女的母亲们。她们一无所有。她们平凡、普通，默默无闻。最出色的品德可能仍是坚忍。除了她们自己的坚忍，她们无可傍靠。然而她们也许是最对得起她们儿女的母亲！因为她们奉献的是她们自己。想一想那种类乎本能的奉献真令我心酸。而在她们的生命之后不乏好儿女，这是人类最最持久的美好啊！

我又联想到另一件事：小时候母亲曾买了十几个鸡蛋，叮嘱我们千万不要碰碎，说那是用来孵小鸡的。小鸡长大了，若有几只母鸡，就能经常吃到鸡蛋了。母亲满怀信心，双手一闲着，就拿起一个鸡蛋，握着，捂着，轻轻摩挲着。我不信那样鸡蛋里就会产生一个生命。有天母亲拿着一个鸡蛋，走到灯前，将鸡蛋贴近了灯对我说："孩子，你看！鸡蛋里不是有东西在动吗？"

我看到了，半透明的鸡蛋中，隐隐地确实有什么在动。

母亲那只手也变成了红色的。

那是血色呀！

血仿佛要从母亲的指缝滴淌下来……

"妈妈，快扔掉！"

我扑向母亲，夺下了那个蛋，摔碎在地上——蛋液里，一个不成形的丑陋的生命在蠕动。我用脚去踩，踏。不是宣泄残忍，而是源自恐惧。我觉得那不成形的丑陋的一个生命，必是通过母亲的双手饱吸了母亲的血才变出来的！我抬头望母亲，母亲的脸色那么苍白。我内心更加充满了恐惧，更加相信我想的是对的。我不要母亲的心血被吸干！不管是那一个被踩死踏死了的无形的丑陋的生命，还是万恶的贫困！因为我太知道了，倘我们富有，即使生活在腐酸的棺材里，也会有人高兴来做客，无论是节日还是寻常的日子，并且随身带来种种礼物……

"不，不！"我哭了。

我嚷："我不吃鸡蛋了！不吃了！妈妈，我怕……"

母亲怒道："你这孩子真作孽！你害死了一条小生命！你怕什么？"

我说："妈妈我是怕你死……它吸你的血！"

母亲低头瞧着我，怔了一刻，默默地把我搂在怀里，搂得很紧……

小鸡终于全孵出来了，一个个黄绒似的，活泼可爱。它们渐渐长大，其中有三只母鸡。以后每隔几日，我们便可吃到鸡蛋了。但我在很长一段时间内不敢吃，对那些鸡我却有种特殊的情感，视它们为通人性的东西，觉得和它们有着一种血缘般的关系……

连续三年的自然灾害使我们的共和国也处在同样的艰难时期。国营商店只卖一种肉——"人造肉"，淘米泔水经过沉淀之后做的。粮食是珍品，淘米泔水自然有限。"人造肉"每户每月只能按购货本买到一斤。后来加工"人造肉"收集不到足够生产的淘米泔水，"人造肉"便也难以买到了。用如今的话说，是"抢手货"，想买到得走后门儿。

中央人民广播电台在《为人民服务》节目中，热情宣传河沟里的一层什么绿也是可以吃的，那叫"小球藻"。且含有丰富的这个素那个素，营养价值极高……

母亲下班更晚了，但每天带回一兜半兜榆钱儿。我惊奇于母亲居然能爬到树上去撸榆钱儿，那是她爬上厂里一些高高的大榆树撸的。

"有'洋刺子'吗？"

我们洗时，母亲总要这么问一句。

我们每次都发现有。

我们每次都回答说没有。

我们知道母亲像许多女人一样，并不胆小，却极怕树上的"洋刺子"

那类毛虫。

榆钱儿当年对于我们是佳果。我们只想到母亲可别由于害怕"洋刺子"就不敢给我们再撸榆钱儿了。

如果月初,家中有粮,母亲就在榆钱儿中拌点豆面,撒了盐,蒸给我们吃。好吃。如果没有豆面,母亲就做榆钱儿汤给我们喝。不但放盐,还放油。好喝。

有天母亲被工友搀了回来——母亲在树上撸榆钱儿时,忽见自己遍身爬满"洋刺子",惊掉下来……

我对母亲说:"妈,以后我跟你到厂里去吧。我比你能爬树,我不怕'洋刺子'……"

母亲抚摸着我的头说:"儿啊,厂里不许小孩进。"

第二天,我还是执拗地跟着母亲去上班了。无论母亲说什么,把门的始终摇头,坚决不许我进厂。

我只好站在厂门外,眼睁睁瞧着母亲一人往厂里走。我不肯回家,我想母亲是绝不会将我丢在厂外的。不一会儿,我听到母亲在低声叫我。母亲已在高墙外了,向我招手。我趁把门的不注意,沿墙溜过去,母亲赶紧扯着我的手跑,好大的厂,好高的墙。跑了一阵,跑至一个墙洞口。工厂从那里向外排污水。一会儿排一阵,一会儿排一阵。在间隔的当儿,我和母亲先后钻入厂里。面前榆林乍现,喜得我眉开眼笑。心内不禁就产生了一种自私的占有欲——要是我家的树多好!那我就首先把那个墙洞堵上,再养两条看林子的狗。当然应该是凶猛的狼狗!

母亲嘱咐我:"别乱走。被人盘问就讲是你自己从那个洞钻进来的。千万别讲出妈妈。要不妈妈该挨批评了!走时,可还要钻那个洞!"

母亲说完,便匆匆离开了。

我撸了满满一粮袋榆钱儿,从那个洞钻出去,扛在肩上,心里乐滋滋地往家走。不时从粮袋中抓一把榆钱儿，边走边吃。

结果我身后随了一些和我年龄差不多的孩子。馋涎欲滴在瞅着我咀嚼的嘴。

"给点！"

"给点吧！"

"不给，告诉我们在哪儿的树上撸的也行！"

我不吭声，快快地走。

"再不给就抢了啊！"

我跑。

"抢！"

"不抢白不抢！"

他们追上我。推倒我。抢……

我从地上爬起时，"强盗"们已四处逃散。连粮袋儿也抢去了。

我怔怔站着，地上一片踏烂的绿。

我怀着愤恨走了。

回头看，一个老妪蹲在那儿捡……

母亲下班后，我向母亲哭述自己的遭遇，凄凄惨惨戚戚。

母亲听得认真。凡此种种，母亲总先默默听，不打断我们的话，耐心而怜悯的样子。直至她的儿女们觉得没什么补充的了，母亲才平静地做出她的结论。

母亲淡淡地说："怨你。你该分给他们些啊。你撸了一袋子呀！都是孩子，都挨饿。那么小气，他们还不抢你吗？往后记住，再碰到这种事，惹人家动手抢之前，先就主动给，主动分。别人对你满意，你自己也不吃亏……"

母亲往往像一位大法官，或者调解员，安抚着劝慰着小小的我们，缓解我们与社会的血气方刚的冲突，从不长篇大论一套套地训导。往往三言两语，说得明明白白，是非曲直，尽在谆谆之中。并且表现出仿佛绝对公正的样子，希望我们接受她的逻辑。

我们接受了，母亲便高兴，夸我们是好孩子。

而母亲的逻辑是善良的逻辑，包含一个似无争亦似无奈的"忍"字。

为使母亲高兴，我们也唯有点头而已。

可能自幼忍得太多了吧？后来于我的性格中，遗憾地生出了不屈不忍的逆反成分。如今三十九岁的我，与人与事较量颇多，不说伤痕累累，亦是遍体伤痕。倘咀嚼母亲过去的告诫，便厌恶自己是个孬种。忏悔既深既久，每每克己地玩味起母亲传给我的一个"忍"字来。或曰逆反，或曰"二律背反"也未尝不可，却又常于"克己复礼"之后而疑问重重，弄不清作为一个人，那究竟好呢还是不好……

一场雨后，榆树钱儿变成了榆树叶。

榆树叶也能做"小豆腐"。做榆树叶汤，滑滑溜溜的，仿佛汤里加了面粉子。

然而母亲厂里的食堂将那片榆树林严密地看管起来了，榆树叶成了工人叔叔和阿姨的佐餐之物。

别了，暄腾腾的"小豆腐"……

别了，绿汪汪的榆钱汤……

别了，整个儿那一片使我产生强烈的占有欲并幻想用狼犬严守的榆树林……

我们按照分配原则，将可做"小豆腐"可做榆钱汤的榆树叶儿保管起来，原本也是情理之中的事。倒是我那占为己有的阴暗的心思，于当年论道起来，很有点自发的资产阶级利己思想的意味。

不过我当年既未忏悔，也未诅咒过自己。

……

母亲依然有东西带回给我们，鼓鼓的一小布包——扎成束的狗尾巴草。

狗尾巴草不能做"小豆腐"吃。

却能编毛茸茸的小狗、小猫、小兔、小驴、小骆驼……

母亲总有东西带回给每日里眼巴巴地盼望她下班的孤苦伶仃的孩子们。

母亲不带回点什么，似乎就觉得很对不起我们。

不论什么东西，可代食的也罢，不可代食的也罢；稀奇的也罢，不稀奇的也罢，从母亲那破旧的小布包抖搂出来似乎便都成了好东西。哪怕在别的孩子们看来是些不屑一顾的东西。重要的仅仅在于，我们感觉到母亲的心里对我们怀着怎样一片慈爱。那是艰难岁月里绝无仅有的营养供给——那是高贵的"代副食"啊！

母亲是深知这一点的。

某天，放学回家的路上，我被一辆停在商店门口的马车所吸引。瘦马在阴凉里一动不动，仿佛是处于思考状态的一位哲学家。老板子躺在马车上睡觉。而他头下枕的，竟是豆饼。

四分之一块啊！

豆饼啊！

他枕着。

我绕着那辆马车转一圈，又转一圈，猜测车老板真是睡着了，便偷儿似的动手去抽那块豆饼。

老板子并未睡着。

农村汉子微微睁开眼瞅我，我也瞅他。

他说："走开。"

我说："走就走。"

偷不成，只有抢了！

我猛地从他头下抽出了那四分之一块豆饼,弄得他的头在车板上咚地一响。他又睁开了眼,瞅着我发愣。

我也看着他发愣。

"你……"

我撒腿便跑,抱着那四分之一块豆饼,沉甸甸的豆饼。

"豆饼!我的豆饼!站住……"

愣怔中的老板子待我跑出了挺远才明白过来是怎么一回事,边喊边追我。

我跑得更快,像只袋鼠似的,在包围着我家的复杂地形中跳窜,自以为甩掉了追赶着的"尾巴",紧紧张张地撞入家门。

母亲愕问:"怎么回事?哪儿来的豆饼?"

我着急忙慌,前言不搭后语地说:"妈快把豆饼藏起来……他追我……"却仍紧紧抱着豆饼,蹲在地上喘作一团。

"谁追你?"

"一个……车老板……"

"为什么追你?"

"妈你就别问了……"

母亲不问了,走到了外面。

我自己将豆饼藏到箱子里,想想,也往外跑。

"往哪儿跑?"

母亲喝住了我。

"躲那儿!"

我朝沙堆后一指。

"别躲!站这儿。"

"妈!不躲不行!他追来了,问你,你就说根本没见到一个小孩子!他还能咋的?"

"你敢躲起来！"母亲变得异常严厉，"我怎么说，用不着你教我！"

只见那持鞭的车老板，汹汹地出现了，东张西望一阵，向我家这儿跑来。

他跑到我和母亲跟前，首先将我上下打量了足有半分钟。因我站在母亲身旁，竟有些不敢贸然断定我就是夺了他豆饼的"强盗"，手中的鞭子不由背到了身后去。

"这位大姐，见一孩子往这边跑了吗？抱着不小一块豆饼……"

我说："没有没有！我们连个人影也没看见！"

"怪了，明明是往这边跑的嘛！"他自言自语地嘟哝，"我挺大个老爷们儿，倒让个孩子明抢明夺了，真是跟谁讲谁都不相信……"

他悻悻地转身欲走。

"你别走。"不料母亲叫住他，"你追的就是我儿子。"

他瞪着我，复瞪着母亲，似欲发作，但克制着，几乎有点低声下气地说："大姐你千万别误会，我可不是想怎么你的儿子！鞭子……是顺手一操……还我吧，那是我今明两天的干粮啊！"一副农村人在城里人面前明智的自卑模样。

母亲又对我说："听见了吗？还给人家！"

我怏怏地回到屋里，从粮柜内搬出那块豆饼，不情愿地走出来，走到老板子跟前，双手捧着还他。

他将鞭杆往后腰带斜着一插，也用双手接过，瞧着，仿佛要看出是不是小了。

母亲羞愧地说："我教子不严，让你见笑了啊！你心里的火，也该发一发。或打或骂，这孩子随你处置！"

"老大姐，言重了！言重了！我不是得理不让人的人，算了算了，这年头，好孩子也饿慌了！"

他反而显得难为情起来。

"还不鞠个躬,认个错!"

在母亲严厉目光的威逼之下,我像被人按着脑袋似的,向那车老板草草鞠了个躬。

我家的斧头,给一截柴夹着,就在门口。

车老板一言不发,拔下斧头,将豆饼垫在我家门槛上嘿嘿几下,砍得豆饼碎屑纷落,将豆饼砍为两半。

他一手拿起一半,双手同时掂了掂,递给母亲一半,慷慨地说:"大姐,这一半你收下!"

"那怎么行,是你的干粮啊!"

母亲婉拒。老板子硬给。母亲婉拒不过,只好收了,进屋去,拿出两个窝窝头和一个咸菜疙瘩给那车老板。又轮到那车老板拒而不收,最后呢?见母亲一片真心实意,终于收了。他从头上抹下单帽,连豆饼一块儿兜着,连说:"真是的,真是的,倒反过来占了你们个大便宜,怪不像话的!"

他在围困着我们家的地基壕堑、沙堆、废墟和石料场之间择路而去,插在后腰带上的长杆鞭子,似"天牛"的一条触角,晃晃的……

"你呀,今天好好想想吧!"

直至吃晚饭前,母亲就对我说了这么一句话。不理睬我。也不吩咐我干什么活。而这是比打我骂我,更使我悲伤的。

端起饭碗时,我低了头,嗫嚅地说:"妈,我错了……"

"抬头。"

我罪人一般抬起头,不敢迎视母亲的目光。

"看着妈。"

母亲脸上,庄严多于谴责。

"你们都记住,讨饭的人可怜,但不可耻。走投无路的时候,低三下四也没什么。偷和抢，就让人恨了！别人多么恨你们，妈就多么恨你们！除了这一层脸面，妈什么尊贵都没有！你们谁想丢尽妈的脸，就去偷，就去抢……"

母亲落泪了。

我们都哭了……

我忘不了我的小说第一次被印成铅字那份喜悦。我日夜祈祷的是这回事。真是了，我想我该喜悦，却没怎么喜悦。避开人我躲在个地方哭了，那一时刻我最想我的母亲……

我的家搬到光仁街，已经是一九六三年了。那地方，一条条小胡同仿佛烟鬼的黑牙缝。一片片低矮的破房子仿佛是一片片疥疮。饥饿对于普通的人们的严重威胁毕竟开始缓解。我是小学五年级的学生了。我已经有三十多本小人书。

"妈，剩的钱给你。"

"多少？"

"五毛二。"

"你留着吧。"

买粮、煤、柴回来，我总能得到几毛钱。母亲给我，因为知道我不会乱花，只会买小人书。每个月都要买粮买煤买柴，加上母亲平日给我的一些钢镚儿，渐渐积攒起来就很可观。积攒到一元多，就去买小人书。当年小人书便宜。厚的三毛几一本，薄的才一毛几一本。母亲从不反对我买小人书。

我还经常去出租小人书。在电影院门口、公园里、火车站。有一次火车站派出所一位年轻的警察，没收了我全部的小人书，说我影响了站内的秩序。

我一回到家就号啕大哭。我用头撞墙。我的小人书是我巨大的财富。我觉得我破产了。从绰绰富翁变成了一贫如洗的穷光蛋。我绝望得不想活。想死。我那种可怜的样子，使母亲为之动容。于是她带我去讨还我的小人书。

"不给！出去出去！"

车站派出所年轻的警察，一副"格里高利"那种桀骜不驯的样子。母亲代我向他承认错误，代我向他保证以后绝不再到火车站出租小人书，话说了许多，他烦了，粗鲁地将母亲和我从派出所推出来。

母亲对他说："不给，我们就坐台阶上不走。"

他说："谁管你！"然后他砰地将门关上了。

"妈，咱们走吧，我不要了……"

我仰起脸望着母亲，心里一阵难过。亲眼见母亲因自己而被人呵斥，还有什么事比这更令一个儿子内疚的？

"不走。妈一定给你要回来！"

母亲说着，就在台阶上坐了下去。并且扯我坐在她身旁，一只手臂搂着我。另外几位警察出出进进，连看也不看我们。

"格里高利"也出来一次。

"还坐这儿？"

母亲不说话，不理他。

"嘿，静坐示威……"

他冷笑着又进去了……

天渐黑了。派出所门外的红灯亮了，像一只充血的独眼，自上而下虎视眈眈地瞪着我们。我和母亲相依相偎的身影被台阶斜折为三折，怪诞地延长到水泥方砖广场，淹在一汪红晕里。我和母亲坐在那儿已经近四个小时。母亲始终用一条手臂搂着我。我觉得母亲似乎一动也没动过，仿佛被一种持久的意念定在那儿了。

我想不能再对母亲说——"妈，我们回家吧！"

那意味着我失去的只是三十几本小人书,而母亲失去的是被极端轻蔑了的尊严。一个自尊的女人的尊严。

我不能够那样说……

几位警察走出来了。依然没看见我们似的,纷纷骑上自行车回家去了。

终于"格里高利"又走出来了。

"嗨,我说你们想睡在这儿呀?"

母亲仍不看他,不回答,望着远处的什么。

"给你们吧!"

"格里高利"将我的小人书连同书包扔在我怀里。

母亲低声对我说:"数数。"语调很平静。

我数了一遍,告诉母亲:"缺三本《水浒》。"

母亲这才抬起头来,仰望着"格里高利",清清楚楚地说:"缺三本《水浒》。"

他笑了,从衣兜里掏出三本小人书扔给我,嘟哝道:"哟哈,还跟我来这一套……"

母亲终于拉着我起身,昂然走下台阶。

"站住!"

"格里高利"跑下了台阶,向我们走来。他走到母亲跟前,用一根手指将大檐帽往上捅了一下,接着抹他的一撇小胡子。

我不由得将我的"精神食粮"紧抱在怀中。

母亲则将我扯近她身旁,像刚才坐在台阶上一样,又用一条手臂搂着我。

"格里高利"以将军命令两个士兵那种不容违抗的语气说:"等在这儿,没有我的允许不准离开!"

我惴惴地仰起脸望着母亲。

"格里高利"转身就走。

他却是去拦截了一辆小汽车，对司机大声说："把那个女人和孩子送回家去。要一直送到家门口！"

……

我买的第一本长篇小说是《红旗谱》。一元多钱。母亲还从来没有一次给过我这么多钱。

我还从来没向母亲一次要过这么多钱。

我的同代人，当你们也像我一样，还是一个小学五年级学生的时候，如果你们也像我一样，生活在一个穷困的普通劳动者家庭的话，你们为我做证，有谁曾在决定开口向母亲要一元多钱的时候，内心里不缺少勇气？

当年的我们，视父母一天的工资是多么非同小可啊！

但我想有一本《红旗谱》想得整天失魂落魄，无精打采。

我从同学家的收音机里听到过几次《红旗谱》长篇小说连续广播。那时我家的破收音机已经卖了，被我和弟弟妹妹们吃进肚子里了。

直接吃进肚子里的东西当然不能取代"精神食粮"。

我那时还不知道什么叫"维他命"，更没从谁口中听说过"卡路里"，但头脑却喜欢吞"革命英雄主义"。一如今天的女孩子们喜欢嚼泡泡糖。在自己对自己的怂恿之下，我到母亲的工厂向母亲要钱。母亲那一年被铁路工厂辞退了，为了每月十七元的收入，又在一个街道小厂上班。一个加工棉胶鞋鞋帮的中世纪奴隶作坊式的街道小厂。

一排破窗，至少有三分之一埋在地下了。门也是。所以只能朝里开。窗玻璃脏得失去了透明度，乌玻璃一样。我不是迈进门而是跌进门去的。我没想到门里的地面比门外的地面低半米。一张踏脚的小条凳权作门里台阶。我踏翻了它，跌进门的情形如同掉进一个深坑。

那是我第一次到母亲为我们挣钱的那个地方。

空间非常低矮。低矮得使人感到心里压抑。不足二百平方米的厂房，四壁潮湿颓败。七八十台破缝纫机一行行排列着，七八十个都不算年轻的女人忙碌在自己的缝纫机后。因为光线阴暗，每个女人头上方都吊着一只灯泡。正是酷暑炎夏，窗不能开，七八十个女人的身体和七八十只灯泡所散发的热量，使我感到犹如身在蒸笼。那些女人们热得只穿背心。有的背心肥大，有的背心瘦小，有的穿的还是男人的背心，暴露出相当一部分丰满或者干瘪的胸脯。毡絮如同褐色的重雾，如同漫漫的雪花，在女人们、母亲们之间纷纷扬扬地飘荡。而她们不得不一个个戴着口罩。女人们、母亲们的口罩上，都有三个实心的褐色的圆。那是因为她们的鼻孔和嘴的呼吸将口罩濡湿了，毡絮附着上面。女人们、母亲们的头发、臂膀和背心也差不多都变成了褐色的。毛茸茸的褐色。我觉得自己恍如置身在山顶洞人时期的女人们或母亲们之间。

我呆呆地将那些女人们、母亲们扫视一遍，却没发现我的母亲。

七八十台破缝纫机发出的噪声震耳欲聋。

"你找谁？"

一个用竹篾子拍打毡絮的老头对我大声嚷，却没停止拍打。

毛茸茸的褐色的那老头像一只老雄猿。

"找我妈！"

"你妈是谁？"

我大声说出了母亲的名字。

"那儿！"

老头朝最里边的一个角落一指。

我穿过一排排缝纫机，走到那个角落，看见一个极其瘦弱的毛茸茸的褐色的脊背弯曲着，头凑近在缝纫机板上。周围几只灯泡的电热烤我的脸。

"妈……"

"妈……"

背直起来了，我的母亲。转过身来了，我的母亲。脏脏的毛茸茸的褐色的口罩上方，眼神疲惫的我熟悉的一双眼睛吃惊地望着我，我的母亲的眼睛……

母亲大声问："你来干什么？"

"我……"

"有事快说，别耽误妈干活！"

"我……要钱……"

我本已不想说出"要钱"两字，可是竟说出来了！

"要钱干什么？"

"买书……"

"多少钱？"

"两元就行……"

母亲掏衣兜，掏出一卷毛票，用指尖龟裂的手指点着。

旁边一个女人停止踏缝纫机，向母亲探过身，喊："大姐，别给！没你这么当妈的！供他们吃，供他们穿，供他们上学，还供他们看闲书哇！"又对我喊："你看你妈这是在怎么挣钱？你忍心朝你妈要钱买书哇！"

母亲却已将钱塞在我手心里了，大声回答那个女人："谁叫我们是当妈的啊！我挺高兴他爱看书的！"

母亲说完，立刻又坐了下去，立刻又弯曲了背，立刻又将头俯在缝纫机板上了，立刻又陷入手脚并用的机械的忙碌状态……

那一天我第一次发现，我的母亲原来是那么瘦小，竟快是一个老女人了！那时刻我努力要回忆起一个年轻的母亲的形象，竟回忆不起母亲她何时年轻过。

那一天我第一次觉得我长大了，应该是一个大人了。并因自己十五岁了才意识到自己应该是一个大人了而感到羞愧难当，无地自容。

我鼻子一酸，攥着钱跑了出去……

那天我用那两元钱给母亲买了一听水果罐头。

"你这孩子，谁叫你给我买水果罐头的？！不是你说买书，妈才舍得给你钱的嘛！"

那一天母亲数落了我一顿。后来，又给我凑足了够买《红旗谱》的钱……

我想我没有权利用那钱再买任何别的东西，无论为我自己还是为母亲。

从此我有了第一本长篇小说……

后来我有了第二本、第三本、第四本、第五本……《钢铁是怎样炼成的》《牛虻》《勇敢》《幸福》《青年近卫军》……

我再也没因想买书而开口向母亲要过钱。

我是大人了。

我开始挣钱了——拉小套。

在火车站货运场、济虹桥坡下、市郊公路上……用自己辛辛苦苦挣的钱买书时，你尤其会觉得你买的乃是世界上最值得花钱的最好的东西。

于是我有了三十几本长篇小说。十五岁的我爱书如同女人之爱美。向别人炫耀我的书是我当年最大的虚荣。

三年后几乎一切书都成"毒草"。

学校在烧书。图书馆在烧书。一切有书的家庭在烧书。自己不烧，别人会到你家里查，结果还是免不了被烧。普通的家庭只剩下了一个人的书，并且要摆在最显眼的地方。

"老梁家的，听说你们这个院里，顶数你们孩子买的黑书多啦，统统交出来吧！"

面对闯入家中的人们，母亲镇定地声明："我是文盲，不知哪些书是黑书。"

"除了伟人的书，全是黑书，'毒草'。这个简单明白的道理文盲也是应该懂得的！"

"我儿子的书，我已经烧了，烧光了。现时我家只有那几本红宝书啦。"

母亲指给他们看。

他们怀疑。

母亲便端出一盆纸灰："怕你们不信，所以保留着纸灰给你们验证。若从我家搜出一本黑书，你们批判我。"

"听说你儿子几十本书哪，就烧成这么一盆纸灰？"

"都保留着？十来盆呢。我不过只保留了一盆给你们看。"

母亲分外虔诚老实的样子。

他们信了。

他们走时，母亲问："那么这一盆纸灰我也可以倒了吧？"

他们善意地说："别倒哇！留着，好好保留着。我们信了，兴许我们走后再来查一遍的人们还不信呀。保留着是有必要的！"

纸灰是预先烧的旧报纸。

我的书，早已在母亲的帮助下，糊在顶棚上了。

我下乡前，撕开糊棚纸，将书从顶棚取下，放在一只箱子里，锁了，藏在床底下最里头。

我将钥匙交给母亲时说："妈，你千万别让任何人打开那箱子。"

母亲郑重地接过钥匙："你放心下乡去吧！若是咱家失火了，我也吩咐你弟弟妹妹们先抢救那箱子。"

我信任母亲。

但我离开城市时，心怀着深深的忧郁。我的书、我的一个世界上了锁，并且由我的母亲像忠仆一样替我保管，我没有什么可不放心的。然而谁来替我分担母亲的愁苦呢？即使是能够分担一点点？

我知道，不久三弟也是要下乡的。

接着将会轮到四弟。

那么家中只剩下挑不动水的妹妹，疯了的哥哥和我瘦小的憔悴的积劳成疾的母亲了！

我们将只能和父亲一样，从相反的两个方向，大东北和大西北遥遥地关注我们日益破败的家了……

母亲越是刚强地隐藏着愁苦，我越是深深地怜悯母亲。

上天保佑，我的家并没失过火。却因房屋深陷地下，如同母亲挣钱的那个小厂一样，夏季里不知被雨水淹了多少次。

一九七九年，时隔五载，我第一次从北京回去探家，帮助母亲从家中清除破烂东西，打床底下拖出了那一只挺沉的箱子。它布满了滑溜溜的霉苔。

我问母亲："妈，这箱子里装的什么呀？"

母亲看着，回忆着，和我一样想不起来。

"妈，把打开这锁的钥匙给我……"

"妈也记不清楚哪把钥匙是开这把锁的了，你试吧！"

母亲从兜里掏出一串钥匙给我。

锁已锈死。哪一把钥匙也打不开。最后被我用砖头砸开了。

掀开箱盖，一股霉味直冲鼻腔。一箱子书成了一箱子发黄的碎纸。

碎纸中有几个粉红色的小小生命在蠕动，像保养得极润的女人手指。

我砰地关上了那箱子盖，并用双手使劲按住，仿佛箱子内有一个面目狰狞的魔鬼。

即使将世界装在那样一口箱子里也是会发霉的。

"箱子里到底是什么啊?"

母亲困惑地又问了一句……

父亲带着一颗受了伤害的心离开北京回四弟家中去住了。我致信三弟希望母亲能到北京来住。这是一九八五年的事。算起来我又六年未见母亲了。父亲的走,使我更加想念母亲。我心中常被一种潜在的恐慌所滋扰,我总觉得一个不可避免的事实伏在距离我很近的日子里,当它突然跃到我跟前时,我不知我如何承受那悲哀、内疚和惭愧。

母亲便很快来到了北京。

母亲是感知到了我的心情吗?

我和妻每夜宿在办公室,将我们十三平方米的小小居室让给了母亲和安徽小阿姨秀华和我们三岁半的儿子。一老一少两个女人和一个孩子夜夜挤在一张并不宽大的硬床上。

母亲满口全是假牙了。

母亲的眼病更严重了。

"你是她什么人?"

在积水潭医院眼科,医生对母亲的双眼仔细检查了一番后,冷冷地问我。

"儿子。"

"为什么到了这种地步才来看?"

我无言以对。我知道弟弟妹妹们为了治好母亲的眼睛,已是付出了许多儿女的义务和孝心。我也听出了医生话中谴责的意味。

"眼翳是难以去除了,太厚,手术效果不会理想。而且也极可能伤到瞳仁……"

"那……至少，是应该植假睫毛的吧？"

可怜的母亲，双眼连一根睫毛也没有了！失去了保护的眼睛常被炎症所苦。

"应该想到的事，你不认为你想到的有些晚了吗？眼皮已经这么松弛了，植了假睫毛还是会向内翻，更增加痛苦。"

"那……"

"多大年纪了？"

"六十七岁了。"

"哦，这么大年纪了……开几瓶常用药水吧，每天给你母亲点几次，保持眼睛卫生……这更现实些……"

我搀扶着母亲，兜里揣着几瓶眼药水，缓慢地往医院外面走。

我不知对母亲说什么话好。十五岁那一年，我到母亲为养活我们而挣钱的那个地方看到的一幕幕情形，从此以后更经常地浮现在我脑际，竟至使我对类似踏板缝纫机的一切声音和一切近于褐色的颜色产生极度的敏感。

"儿，你替妈难过了？别难过，医生说得对，妈这么大年纪了，治好治不好的又怎么样呢？"

八岁的儿子，有着比我在十五岁时数量多得多的"书"——卡通连环画册、《看图识字》、《幼儿英语》、《智力训练》什么什么的。妻的工资并不高，甚至可以说是低收入阶层，却很相信智力投资一类的宣传。如是等样的书，妻也看，儿子也看。因为妻得对儿子进行启蒙式教育。倘我在写作，照例需要相对的安静，则必得将全部的书摊在床上或地下，一任儿子作践，以摆脱他片刻的纠缠。结果更值得同情的不是我，而是那些"书"。

触目皆是儿子的"书"，将儿子的、爸爸的"读物"从随手可取排挤到无可置处,我觉得愤愤不平,看着心乱。既要将自己的书进行"坚壁清野",又要对儿子的"书"采取"三光政策"。定期对儿子那些被他作践得很惨的"书"加以扫荡,毫不吝惜。

这时候,母亲每每跟着我踱出家门,站于门口望我将那些"书"扔到哪儿去了。随后捡回,而我不知觉。一天,我跨入家门,又见满床满桌全是幼儿读物的杂乱情形,正在摆布的却不是儿子,而是母亲。糨糊、剪刀、纸条,一应俱全。母亲正在粘那些"书"。那些曾被儿子作践得很惨被我扔掉过的"书"。

母亲唯恐我心烦,慌慌地立刻就要收起来。

我拿起一册翻看,母亲粘得那么细致。

我说:"妈,别粘了。粘得再好,梁爽也是不看的。这些书早对他失去吸引力了!"

母亲说:"我寻思着,扔了怪让人心疼的不是……要不让我都粘好,送给别人家孩子吧!这也比扔了强呀!"

我说:"破旧的,怎么送得出手?没谁要。妈你瞧,你也不是按着页码粘的,隔三岔五,你再瞧这几页,粘倒了啊!"

母亲说:"唉,我这眼啊。要不寄给你弟弟妹妹们的孩子,或者托人捎给他们?"

我说:"千里迢迢,给弟弟妹妹们的孩子寄回去一些破的旧画册?弟弟妹妹们心里不想什么,弟媳和妹夫还不取笑我?"

母亲说:"那……我真是白粘了吗?就非扔了不可了吗?粘好保存起来,过几年,梁爽他长大了几岁,再给他看,兴许他又像没看过一样了吧?"

我说:"也可能。妈你愿粘,就粘吧。粘成什么样都没关系,我不心烦。"

于是我和母亲一块儿粘。

收音机里在播着一支歌：

旧鞋子穿破了不扔做啥？
老太太老爷子他们实在太啰唆……

我想像我这样的一个儿子，是没有任何权利嘲弄和调侃穷困在我的母亲身上造成的深痕的。在如今的消费心理和消费方式的对比之下，这一点并不太使我这个儿子感到可笑，却使我感到它在现实中的格格不入的投影是那么凄凉而咄咄逼人。

我必庄重。

对于我的母亲所做的这一切似乎没有意义的事情，我必庄重。

我认为那是母亲的一种权力。

一种特权。

我必服从。

我必虔诚。

我不能连母亲这一点点权力都缺乏理解地剥夺了！

我知道床下、柜下，还藏着一些饮料筒、饼干盒、杂七杂八的好看的小瓶什么的，对于十三平方米的居室，它们完全是多余之物，毫无用处。

我装作不知。

是的，我必庄重。

它没什么值得嘲弄和调侃的。倘发自于我，是我的丑陋。尽管我也不得不定期加以清除。但绝不当着母亲的面，并且不忍彻底，总要给母亲留下些她也许很看重的东西……

一天，我嘱咐小阿姨秀华带母亲到厂内的浴室洗澡。母亲被烫伤了，是两个邻居架回来的。

我问邻居："秀华呢?"

他们说她仍在洗。

我从没对小阿姨表情严厉地说过话。但那一天我生气了。待她高高兴兴地踏进家门之后,我板起脸问她:"奶奶烫伤了你知道不知道?"

"知道呀!"

"知道你还继续洗?"

"我以为……不严重……"

"你以为……你以为!那么你当时都没走到奶奶身边去看看?我怎么嘱咐你的!"

母亲见我吼起来,连说:"是不严重,是不严重,你就别埋怨她了……"

半个多月内,母亲默默忍受着伤痛。没说过一句抱怨话。

母亲又失去了假牙。一天母亲取下假牙泡在漱口杯里,被粗心大意的小阿姨连水泼掉了。

母亲没法吃东西了,每顿只能喝粥。

我正要带母亲去配牙那一天,妹妹拍来了电报。

我看过之后,撕了。

母亲问:"什么事?"

我说:"没什么事。"

"没什么事哪会拍电报?"

母亲再三追问。

尽管我不愿意,但终于不得不告诉母亲——常住精神病院的大哥又出院了……

母亲许久未说话。

我也许久未说话。

到办公室去睡觉之前，我低声问母亲："妈，给你订哪天的火车票？"

母亲说："越早越好，越早越好。我不早早回去，你四弟又不能上班了！"

母亲分明更是对她自己说。

我求人给母亲买到了两天后的火车票。

走时，母亲嘱咐我："别忘了把那瓶獾油和那卷药布给我带上。"

我说："妈，你的烫伤还没好？"

母亲说："好了。"

我说："好了还用带？"

母亲说："就快好了。"

我说："妈，我得看看。"

母亲说："别看了。"

我坚持要看。母亲只好解开了衣襟——母亲干瘪的胸脯上有一大片未愈的烫伤的溃面！

我的心疼得抽搐了。

我不忍视，转过脸说："妈，我不能让你这样走！"

母亲说："你也得为你四弟的难处想想啊！"

……

母亲走了。带着一身烫伤。失落了她的假牙。留下的，是母亲的临时挂号证，上面草率的字写着眼科医生的诊断——已无手术价值。

今年春季，大舅患癌症去世了。早在一九六四年，老舅已经去世了。母亲的家族，如今只活着母亲一个女人，老而多病，如同一段枯朽的树根。却仍担负着一位老母亲对子女们的种种责任感。那将是母亲至死也无法摆脱的了。

我想我一定要在母亲悲痛的时候回到母亲身旁去。我想如果我不去就简直太浑蛋了!

于是我回到了哈尔滨。

母亲更瘦更老更憔悴了。真正的就好似一个根雕样子!

母亲面容之上仿佛并无悲痛。那一副漠漠然的神态令我内心酸楚。母亲其实已没有了丝毫能力担负她的责任和使命了呀!母亲好比是一只老猫,命在旦夕,只有关注着她的亲人和儿女们,然后从这个世界上平平常常地死去的份了!母亲她苍老的生命大概已完全丧失了体现她内心悲痛和怜悯之情的活力了吧?

在四弟的家里,只有我和母亲两个人的时候,母亲强打起她最后的尊严,语调缓慢地对我说:

"听着,妈和你爸从来没指望你当什么作家。你既然已经是了,就要好好地当。妈和你爸都这么大年纪了,别在我们活着的时候,给我们丢脸……"

那一时刻,我真想给母亲跪下,告诉母亲,我会永远记住她的话……

母亲对我已无他求。

"不会干别的才写小说"——这一句话恰恰应了我的情况。

在这大千世界中我已别无选择,没了退路!

母亲,放心吧。我记住了你的话,一辈子!

……

若有人问我最大的愿望是什么?我会毫不犹豫地回答:将我的老母亲老父亲接到我的身边来,让我为他们尽一点拳拳人子的孝心。然而我知道,这愿望几乎等于是一种幻想一个泡影。在我的老母亲和老父亲活着的时候,大致是可以这样认为的。

我最最衷心地虔诚地感激哈尔滨市政府为我的老父亲和老母亲解决了晚年老有所居的问题。使他们还能和我的四弟住在一起。若无这一恩德降临,在我家原先那被四个家庭三代人和一个精神病患者分居的二十六平方米的低矮残破的生存空间,我的老母亲老父亲岂不是只有被挤到天棚上去住吗?像两只野猫一样!而父亲作为我们共和国的第一代建筑工人,为我们的国家付出了三十余年的汗水和力气。

我的哈尔滨我的母亲城,身为一个作家,我却没有也不能够为你做些什么实际的贡献!

这一内疚是为终身的疚惭。

对于那些读了我的小说《溃疡》给我写来信的,愿真诚地将他们的住房让出一间半间暂借我老母亲老父亲栖身的人们,我也永远地对你们怀着深深的感激。这类事情的重要的意义是,表明我们的生活中毕竟还存在着善良。

母亲啊,您也要好好地活着呀!您可要等啊!您千万要等啊!

求求您,母亲!

母亲啊,在您那忧愁的凝满了苦涩的内心里,除了希望您的儿子"好好地"当一个作家,就真的再别无所求了吗?

淫雨是停歇了。瘦叶是静止了。这一个孤独的日子,我想念我的母亲。有三只眼睛隔窗瞅我,都是那杨树的眼睛。愣愣地呆呆地瞅我,瞅着想念母亲的我。

邻家的孩子在唱着一首流行的歌:

> 杨树杨树生生不息的杨树,
> 就像我们自尊的妈妈,
> ……
> 说什么赤条条无牵挂?
> ……

由我的老母亲联想到千千万万的几乎一整代人的母亲中，那些平凡的甚至可以认为是平庸的在社会最底层喘息着苍老的生命的女人们，对于她们的儿女而言，该都是些高贵的母亲吧？一个个写来，都是些充满了苦涩的温馨和坚忍之精神的故事吧？

　　我之愀然是为心作。

　　娘！

　　遥远地，我像山东汉子一样呼喊您一声，您可听到？

父母是最朴素的人文

一年一度，又逢母亲节、父亲节。

我的意识中，母亲像一棵树，父亲像一座山。他们教育我很多朴素的为人处世道理，令我终身受益。我觉得，对于每一个人，父母早期的家教都具有初级的朴素的人文元素。我作品中的平民化倾向，同父母从小对我的教育和影响密不可分。

我出生在哈尔滨市一个建筑工人家庭，兄妹五人，为了抚养我们五个孩子，父亲在我很小的时候就到外地工作，每月把钱寄回家。他是国家第一代建筑工人。母亲在家里要照顾我们五个孩子的生活，非常辛劳。母亲给我的印象像一棵树，我当时上学时看到的那种树——秋天不落叶，要等到来年春天，新叶长出来后枯叶才落去。

当时父亲的工资很低，每次寄回来的钱都无法维持家中的生活开支，看着我们五个正处在成长时期的孩子，食不饱腹，鞋难护足，母亲就向邻居借钱。她有一种特别的本领，那就是能隔几条街借到熟人的钱。我想，这是她好人缘所起的作用。尽管这样，我们因为贫困还是生活得很艰难，五个孩子还是经常挨饿。

一次，我小学放学回家走在路上，肚子饿得咕咕叫，正无精打采往家赶时，看到一个老大爷的马车。一股香喷喷的豆饼味迎面扑来，我立即向老大爷的马车看过去，发现马车上有一块豆饼。我本来就饿，再加上豆饼香味的刺激，当时只有一个念头：拿着豆饼填饱肚子。我趁着老大爷不注意，抱起他的豆饼，拔腿就跑。

老大爷拿着马鞭一直在后面追我，我跑进家里，他不知道我一下子跑入了哪间房子。我心惊胆战地躲在家里，可没想到他还是找到了我家。

"这位大姐，见一孩子往这边跑了吗？抱着不小一块豆饼……"老大爷问我母亲。

老大爷把事情的经过给母亲详细说了一遍。

母亲听完后，立即命令我把豆饼还给了老大爷。母亲将家中仅剩的几个咸菜疙瘩和窝头送给了他，老大爷看到玉米面做的窝头时，就像一个从未见过粮食的人一样，眼睛放亮，一边不停地说着感谢的话一边流着眼泪。

母亲回到家时，我以为她会打骂我，可她没有，她要等所有的孩子都回来。晚饭后，她要我将自己的行为说了一遍，然后她才严厉地教训我："如果你不能从小就明白一个人绝不可以做哪些事，我又怎么能指望你以后是一个社会上的好人？如果你以后在社会上都不能是一个好人，当母亲的又能从你那里获得什么安慰？"这些道理不在书本里，不在课堂上，却使我一生受益。

当时我家虽然非常穷，但母亲还是非常支持我读书，穷日子里的读书时光对我来说是最快乐的。当时家中买菜等事都由我去做，只要剩两三分钱，母亲就让我自己留着。现在两三分钱掉到地上是没人捡的，那时五分钱可以去商店买一大碟咸菜丝，一家人可以吃上两顿，两分钱可以买一斤青菜，有时五分钱母亲也让我自己拿着。我拿着这些钱去看小人书。

母亲最令我感动的事是发生在三年严重困难期间的那件事。当时因为我们家里小孩多，所以政府给了我们家一点粮食补贴，补了五至十斤粮食吧。月底的最后一天，家里一点粮食都没有了，揭不开锅，母亲就拿着饭盆将几个空面粉袋子一边抖一边刮，终于刮出了一些残余的面粉。母亲把它做成了一点疙瘩汤，然后在小院子里摆上凳子。

正在我们吃饭的时候，来了一个讨饭的。那是一个留着长胡子的老人，衣服穿得很破，脸看上去也有几天没洗。他看着我们几个孩子喝疙瘩汤的时候，显得非常馋。母亲给他端来洗脸水后，又给他搬凳子，把她自己的那份疙瘩汤盛给了他，而自己却饿着肚子。

然而这件事被邻居看到后，不知是谁在居委会开会时把这个事讲出来了，说我们家粮食多得吃不完，还在家中招待要饭的人。从这以后，我们家就再也没有粮食补贴了。可我母亲对这件事并没有后悔，她对我们说你们长大后也要这样。我觉得有时母亲做的某些小事，对儿童和少年都具有早期人文教育的色彩。我现在教育我的学生时也经常这样讲，少写一点初恋、郁闷，少写一点流行与时尚，多想一下自己的父母，如果连自己的父母都不了解，谈何了解天下。

我们这一代人的父母，几乎没有过过一天幸福的晚年。老舍在写他的母亲时说，他母亲没有穿过一件好衣服，没有吃过一顿好饭，他拿什么来写母亲。我能感受到作者当时的心情。萧乾在写他母亲时说，他当时终于参加工作并把第一个月的工资拿来给母亲买罐头，当他把罐头喂给病床上的母亲时，她已经停止了呼吸。季羡林在回忆他母亲时写道，他后悔到北京到清华学习，如果不是这样，他母亲也不会那么辛苦培养他读书，他母亲生病时，都没有告诉他，等他回到家时，母亲已经去世，他当时恨不得一头撞在母亲的棺木上，随她一起去……这样的父母很多，如果我们的父母也长寿，到街心公园打打太极拳，提着鸟笼子散散步，过生日时给他们送上一个大蛋糕，春节一家人到酒店吃一顿饭，甚至去旅游，我们心中也会释然。如果我们少一点粗声粗气地对母亲说话，如果我们能多抽出一点时间来陪陪母亲，那就好了。我想全世界的儿女都是孝的，只要我们仔细看一下"老"字和"孝"字，上面都是一样的，"老"字非常像一个老人半跪着，人到老年要生病，记性不好，像小孩，不再是那个威严的教育你的父母，他变得弱势了，在别人面前还有尊严，在你面前却要依靠……

最后我想说，爱是双向的。只有父母对孩子的爱，没有孩子对父母的爱，这种爱是不完整的。父母养育孩子，子女尊敬父母，爱是人间共同的情怀和关爱。

老 妪

那一个老妪是一个卖茶蛋的老妪。

在十二月的一个冷天,在北京龙庆峡附近,儿子须作一篇"游记",我带他到那儿"体验生活"。

卖茶蛋的皆乡村女孩和年轻妇女。就那么一个老妪,跻身她们中间,并不起劲地招徕。偶发一声叫卖,嗓音是沙哑的。所以她的生意就冷清。茶蛋都是煮的,老妪锅里的蛋未见得比别人锅里的小。我不太能明白男人们为什么买茶蛋还要物色女主人。

老妪似乎自甘冷清,低着头,拨弄煮锅里的蛋。时时抬头,目光睃向眼前行人,仿佛也只不过因为不能总低着头。目光里绝无半点乞意。

我出于一时的不平,一时的体恤,一时的怜悯,向她买了几个茶蛋。活在好人边上的人,大抵内心会生发这种一时的小善良,并且总克制不了这一种自我表现的冲动。表现了,自信自己仍立足在好人边上,便获得一种自慰。

老妪应找我两毛钱,我则扯着儿子转身便走,佯装没有算清小账。

儿子边走边说:"爸,她少找咱们两毛钱。"

我说:"知道,但是咱们不要了。大冷的天她卖一只茶蛋挣不了几个钱,怪不易的……"

于是我向儿子讲,什么叫同情心,人为什么应有同情心,以及同情心是一种怎样的美德……

两个多小时后,我和儿子从公园出来,被人叫住——竟是那老妪。袖着双手,缩着瘦颈,身子冷得蜷缩着。

"这个人,"她说,"你刚才买我的茶蛋,我还没找你钱,一转眼,你不见了……"

老妪一只手从袖筒里抽出,干枯的一只老手,递向我两毛钱,皱巴巴的两毛钱……

儿子仰脸看我。

我不得不接了钱。我不知自己当时对她说了句什么……

而公园的守门人对我说:"人家老太太,为了你这两毛钱,站我旁边等了那么半天……"

我和儿子又经过买茶蛋的摊时,见一老叟,守着老妪那煮锅。如那老妪一样,低着头,摆弄煮锅里的蛋。偶发一声叫卖,嗓音同样是沙哑的。目光偶向眼前行人一睃,也只不过是任意的一睃,绝无半点乞意。比别人,生意依旧冷清……

人心的尊贵,一旦近乎本能的,我们也就只有为之肃然了。我觉得我的类同施舍的行径,对于老妪,实在是很猥琐的……

父亲的演员生涯

父亲去世已经一个月了。

我仍为我的父亲戴着黑纱。

有几次出门前,我将黑纱摘了下来,但倏忽间,内心里涌起一种怅然若失的情感。戚戚地,我便又戴上了。我不可能永不摘下。我想,这是一种纯粹的个人情感。尽管这一种个人情感在我有不可弹言的虔意,我必得从伤绪之中解脱。也是无须别人劝慰,我自己明白的。然而怀念是一种相会的形式。我们人人的情感都曾一度依赖于它……

这一个月里,又有电影或电视剧制片人员,到我家来请父亲去当群众演员。他们走后,我就独自静坐,回想起父亲当群众演员的一些微事……

一九八四年至一九八六年,父亲栖居北京的两年,曾在五六部电影和电视剧中当过群众演员。在北影院内,甚至范围缩小到我当年居住的十九号楼内,这乃是司空见惯的事。

父亲被选去当群众演员,毫无疑问,最初是由于他那十分惹人注目的胡子。父亲的胡子留得很长,长及上衣第二颗纽扣,总体银白,须梢金黄。谁见了谁都对我说:"梁晓声,你老父亲的一把大胡子真帅！"

父亲生前极爱惜他的胡子，兜里常揣着一柄木质小梳。闲来无事，就梳理。

记得有一次，我的儿子梁爽，天真发问："爷爷，你睡觉的时候，胡子是在被窝里，还是在被窝外呀？"

父亲一时答不上来。

那天晚上，父亲竟至于因为他的胡子而几乎彻夜失眠。竟至于捅醒我的母亲，问自己一向睡觉的时候，胡子究竟是在被窝里还是在被窝外。无论他将胡子放在被窝里还是放在被窝外，总觉得不那么对劲……

父亲第一次当群众演员，在《泥人常传奇》剧组。导演是李文化。副导演先找了父亲。父亲说得征求我的意见。父亲大概将当群众演员这回事看得太重，以为便等于投身了艺术。所以希望我替他做主，判断他到底能不能胜任。父亲从来不做自己胜任不了之事。他一生不喜欢那种滥竽充数的人。

我替父亲拒绝了。那时群众演员的酬金才两元。我之所以拒绝不是因为酬金低，而是因为我不愿我的老父亲在摄影机前被人呼来唤去的。

李文化亲自来找我——说他这部影片的群众演员中，少了一位长胡子老头。

"放心，我吩咐对老人家要格外尊重，要像尊重老演员们一样还不行吗？"——他这么保证。

无奈，我只好违心同意。

从此，父亲便开始了他的"演员生涯"——更准确地说，是"群众演员生涯"——在他七十四岁的时候……

父亲演的尽是迎着镜头走过来或背着镜头走过去的"角色"。说那也算"角色",是太夸大其词了。不同的服装,使我的老父亲在镜头前成为老绅士、老乞丐、摆烟摊的或挑菜行卖的……

不久,便常有人对我说:"哎呀晓声,你父亲真好。演戏认真极了!"

父亲做什么事都认真极了。

但那也算"演戏"吗?

我每每地一笑罢之。然而听到别人夸奖自己的父亲,内心里总是高兴的。

一次,我从办公室回家,经过北影一条街——就是那条旧北京假景街,见父亲端端地坐在台阶上。而导演们在摄影机前指手画脚地议论什么,不像再有群众场面要拍的样子。

时已中午,我走到父亲跟前,说:"爸爸,你还坐在这儿干什么呀?回家吃饭!"

父亲说:"不行。我不能离开。"

我问:"为什么?"

父亲回答:"我们导演说了——别的群众演员没事了,可以打发走了。但这位老人不能走,我还用得着他!"

父亲的语调中,很有一种自豪感似的。

父亲坐得很特别。那是一种正襟危坐。他身上的演员服,是一件褐色绸质长袍。他将长袍的后摆,掀起来搭在背上。而将长袍的前摆,卷起来放在膝上。他不倚墙,也不靠什么。就那样子端端地坐着,也不知已经坐了多久。分明地,他唯恐使那长袍沾了灰土或弄褶皱了……

父亲不肯离开,我只好去问导演。

导演却已经把我的老父亲忘在脑后了,一个劲地向我道歉……

中国之电影电视剧,群众演员的问题,对任何一位导演来说,都是很沮丧的事。往往地,需要十个群众演员,预先得组织十五六个,真开拍了,剩下一半就算不错。有些群众演员,钱一到手,人也便脚底板抹油——溜了。群众演员，在这一点上，倒可谓相当出色地演着我们现实中的些个"群众"、些个中国人。

难得有父亲这样的群众演员。

我细思忖，都愿请我的老父亲当群众演员，当然并不完全因为他的胡子……

那两年内，父亲睡在我的办公室。有时我因写作到深夜，常和父亲一块儿睡在办公室。

有一天夜里，下起了大雨。我被雷声惊醒，翻了个身，黑暗中，恍恍地，发现父亲披着衣服坐在折叠床上吸烟。

我好生奇怪，不安地询问："爸，你怎了？为什么夜里不睡？爸你是不是有什么心事啊？"

黑暗之中，但闻父亲叹了口气。许久，才听他说："唉，我为我们导演发愁哇！他就怕这几天下雨……"

父亲不论在哪一个剧组当群众演员，都一概地称导演为"我们导演"。从这种称谓中我听得出来，他是把他自己———个迎着镜头走过来或背着镜头走过去的群众演员，与一位导演之间联得太紧密了。或者反过来说，他是把一位导演，与一个迎着镜头走过来或背着镜头走过去的群众演员联得太紧密了。

而我认为这是荒唐的。

而我认为这实实在在是很犯不上的。

我嘟哝："爸，你替他操这份心干吗？下雨不下雨的，与你有什么关系？睡吧睡吧！"

"有你这么说话的吗？"父亲教训我道，"全厂两千来人，等着这一部电影早拍完，早通过，才好发工资，发奖金！你不明白？你一点不关心？"

我佯装没听到，不吭声。

父亲刚来时，对于北影的事，常以"你们厂"如何如何而发议论，而发感慨。不知从什么时候开始，他不说"你们厂"了，只说"厂里"了。倒好像，他就是北影的一员。甚至倒好像，他就是北影的厂长……

天亮后，我起来，见父亲站在窗前发怔。

我也不说什么。怕一说，使他觉得听了逆耳，惹他不高兴。

后来父亲东找西找的。我问找什么。他说找雨具。他说要亲自到拍摄现场去，看看今天究竟是能拍还是不能拍。

他自言自语："雨小多了嘛！万一能拍呢？万一能拍，我们导演找不到我，我们导演岂不是要发急吗？……"

听他那口气，仿佛他是主角。

我说："爸，我替你打个电话，向你们剧组问问不就行了吗？"

父亲不语，算是默许了。

于是我就到走廊去打电话。其实是为我自己的事打电话。

回到办公室，我对父亲说："电话打过了。你们组里今天不拍戏。"——我明知今天准拍不成。

父亲火了，冲我吼："你怎么骗我？！你明明不是给我们剧组打电话！我听得清清楚楚。你当我耳聋吗？"

父亲他怒冲冲地就走出去了。

我站在办公室窗口，见父亲在雨中大步疾行，不免羞愧。

对于这样一位太认真的老父亲，我一筹莫展……

父亲还在朝鲜民主主义人民共和国选景于中国的一个什么影片中担当过群众演员。当父亲穿上一身朝鲜民族服装后，别提多么像一位朝鲜老人了。那位朝鲜导演也一直把他视为一位朝鲜老人。后来得知他不是，表示了很大的惊讶，也对父亲表示了很大的谢意，并单独同父亲合影留念。

那一天父亲特别高兴，对我说："我们中国的古人，主张干什么事都认真。要当群众演员，咱们就认认真真地当群众演员。咱们这样的中国人，外国人能不看重你吗？"

记得有天晚上，是一个星期六的晚上。我和妻子、老父母一块儿包饺子。父亲擀皮儿。

忽然父亲长叹一声，喃喃地说："唉，人啊，活着活着，就老了……"一句话，使我、妻、母亲面面相觑。

母亲说："人，谁没老的时候，老了就老了呗！"

父亲说："你不懂。"

妻煮饺子时，小声对我说："爸今天是怎么了？你问问他。一句话说得全家怪纳闷怪伤感的……"

吃过晚饭，我和父亲一同去办公室休息。睡前，我试探地问："爸，你今天又不高兴了吗？"

父亲说："高兴啊，有什么不高兴的！"

我说："那怎么包饺子的时候叹气，还自言自语老了老了的？"

父亲笑了，说："昨天，我们导演指示——给这老爷子一句台词！连台词都让我说了，那不真算是演员了吗？我那么说你听着可以吗？……"

我恍然大悟——原来父亲是在背台词。

我就说："爸，我的话，也许你又不爱听。其实你愿怎么说都行！反正到时候，不会让你自己配音，得找个人替你再说一遍这句话……"

父亲果然又不高兴了。

父亲又以教训的口吻说："要是都像你这种态度，那电影能拍好吗？老百姓当然不愿意看！一句台词，光是说说的事吗？脸上的模样要是不对劲，不就成了嘴里说阴，脸上作晴了吗？"

父亲的一番话，倒使我哑口无言。

惭愧的是，我连父亲不但在其中当群众演员，而且说过一句台词的这部电影，究竟是哪个厂拍的，片名是什么，至今一无所知。

我说得出片名的，仅仅三部电影——《泥人常传奇》《四世同堂》《白龙剑》。

前几天，电视里重播电影《白龙剑》，妻忽指着屏幕说："梁爽你看你爷爷！"

我正在看书，目光立刻从书上移开，投向屏幕——哪里有父亲的影子……

我急问："在哪儿在哪儿？"

妻说："走过去了。"

是啊，父亲所"演"，不过就是些迎着镜头走过来或背着镜头走过去的群众角色。走的时间最长的，也不过就十几秒钟。然而父亲的确是一位极认真极投入的群众演员——与父亲"合作"过的导演们都这么说……

在我写这篇文字时，又有人打来电话——

"梁晓声？"

"是我。"

"我们想请你父亲演个群众角色啊！……"

"这……我父亲已经去世了……"

"去世了？……对不起……"

对方的失望大大多于对方的歉意。

如今之中国人，认真做事认真做人的，实在不是太多了。如今之中国人，仿佛对一切事都没了责任感。连当着官的人，都不大肯愿意认真地当官了。

有些事，在我，也渐渐地开始不很认真了。似乎认真首先是对自己很吃亏的事。

父亲一生认真做人，认真做事。连当群众演员，也认真到可爱的程度。这大概首先与他愿意是分不开的。一个退了休的老建筑工人，忽然在摄影机前走来走去，肯定是他的一份愉悦。人对自己极反感之事，想要认真也是认真不起来的。这样解释，是完全解释得通的。但是我——他的儿子，如果仅仅得出这样的解释，则证明我对自己的父亲太缺乏了解了！

我想——"认真"二字，之所以成为父亲性格的主要特点，也许更因为他是一位建筑工人，几乎一辈子都是一位建筑工人，而且是一位优秀的获得过无数次奖状的建筑工人。

一种几乎终生从事的行业，必然铸成一个人明显的性格特点。建筑师们，是不会将他们设计的蓝图给予建筑工人——也即那些砖瓦灰泥匠们过目的。然而哪一座伟大的宏伟建筑，不是建筑工人们一砖一瓦盖起来的呢？正是那每一砖每一瓦，日复一日、月复一月、年复一年地，十几年、几十年地，培养成了一种认认真真的责任感，一种对未来之大厦矗立的高度的可敬的责任感。他们虽然明知，他们所参与的，不过一砖一瓦之劳，却甘愿通过他们的一砖一瓦之劳，促成别人的广厦之功。

他们的认真乃因为这正是他们的愉悦！

愿我们的生活中，对他人之事的认真，并能从中油然引出自己之愉悦的品格，发扬光大起来吧！

父亲是一个普通得不能再普通的人。父亲曾是一个认真的群众演员。或者说，父亲是一个"本色"的群众演员。

以我的父亲为镜，我常不免地问我自己——在生活这大舞台上，我也是演员吗？我是一个什么样的演员呢？就表演艺术而言，我崇敬性格演员。就现实中人而言，恰恰相反，我崇敬每一个"本色"的人，而十分警惕"性格演员"……

大象、小象和人

阴霾的天空压迫着整个非洲大草原，连绵的秋雨使它处处形成着沼泽。而河水已经泛滥，像镀银的章鱼朝四面八方伸出曲长的手臂。狮子们蜷卧在树丛中，仿佛都被淋得无精打采一筹莫展的样子，眼神里呈现着少有的迷惘……

象群缓缓地走过来了，大约二十几头。它们的首领，自然是一头母象，躯体巨大而且气度雍容。似乎有能力摆平发生在非洲大草原上的一切大事件。

的确有事件发生了。一头小象追随着这一象群，企图加入它们的集体。那小象看上去还不到一岁。严格地说是一头幼象。那象群中也是有小象的，被大象们前后左右地保护在集体的中央。那一头颠颠的疲惫不堪的小象，脚步蹒跚而又执拗地追随着它们，巴望着寻找一个机会钻入大象们的保护圈，混入小象中去。是的，它看上去实在太小了。

这么小的一头小象孤单存在的情况是极少见的。在象群，母亲从来不会离开自己这么小的孩子，除非它死了。而如果一位母亲死了，它的孩子也一定会受到它那一象群的呵护。

每当它太接近那一象群，它就会受到驱赶。那些大象们显然不欢迎它，冷漠地排斥它的加入。不知那小象已经追随了它们多久，从它疲惫的样子看，分明已经追随了很久很久。也分明的，它已经很饿了。

天在黑下来。小象愈加巴望获得一份安全感。它似乎本能地觉出了黑夜所潜伏着的种种不测。那一象群中央的小象们的肚子圆鼓鼓的，它们看上去吃得太饱了，有必要行走以助消化。而那一头小象的肚子却瘪瘪的，不难看出它正忍受着饥饿的滋味。它的小眼睛里，流露着对黑夜和孤独的恐惧……

它的追随也许还使那一象群感到了被纠缠的嫌恶。大象们一次次用鼻子挑开它，或用脚蹬开它，疲惫而又饥饿的那一头小象，已经站不太稳了。大象们的鼻子只轻轻一挑它，它就横着倒下了；大象们的脚只轻轻一蹬它，它也就横着倒下了，而且半天没力气爬起来。小象望着它们，发呆片刻。继而又追随奔去。

以上是电视片《神秘的地球》中的片段。斯时我正在一位朋友家里。我的朋友两年前亡于车祸。那一天是他的忌日，我到他家里去看望他的妻子和他的儿子，问问生活上有没有什么困难。

我和那做母亲的正低声聊着，她忽然不说话了，朝我摆她的下巴。我明白她的意思，于是扭头看她的儿子。她的儿子背对着我们，全神贯注地在看电视。

那一刻他们的家里静极了。于是我们两个大人也看到了关于象群的以上纪实片段。

那男孩说："小象真可怜。"他是在自言自语，没有觉察到我们两个大人的目光正默默地注视着他。

我和他的母亲对望一眼，谁都没说什么。我们两个大人也觉得那小象着实地可怜。刚刚跟头把式地追上那一象群的小象，遭到同样的驱赶后，又一次横着倒下了……那又一次横着倒在泥泞中的小象，伸直了它的鼻子和腿，一动不动了……

男孩自言自语:"可怜的小象死了。"我听到他抽了一下他的鼻子。而我则向他的母亲指指自己的眼睛。他母亲微微点了一下头。于是我知道那男孩是在流着眼泪了。

然而那小象并没死,它终于还是挣扎着站了起来。象群已经走得很远很远,远得它再也不可能追上了。小象六神无主地呆望一会儿,沮丧地掉转头,茫然又盲目地往回走。有几只土狼开始进攻它,它却颠颠地只管往前走,一副完全听凭命运摆布的样子。一只土狼从后面扑抱住了它,咬它,而它仍毫无应对反应地往前走,头一点一点的,像某些七老八十的老头的那一种走法。象皮的厚度,使它没有顷刻便成为土狼们的晚餐⋯⋯

小象走,那一只扑抱住它不放的土狼也用两条后腿跟着走。不罢休地仍张口咬它。另几只土狼,围着小象前蹿后蹿。小象和土狼们,就那么蹚过了一片水。

我听到男孩又抽了一下鼻子。我和她的母亲,竟都有点不忍再看下去了⋯⋯

忽然,那小象扬起鼻子悲鸣了一声。

忽然,远处的象群站住了。母象的耳朵挺了起来。

又一声悲鸣⋯⋯母象如同听到了什么权威的号令似的。一掉头就循声奔回来。而那象群,几秒钟的迟疑之后,跟随着母象奔回来⋯⋯它们找到了那一头小象⋯⋯土狼们四散而逃⋯⋯大象们用鼻子抚慰着那一头小象,满怀怜爱心肠地收容了一个流浪儿。其他小象们也向它表达着自己的一份善良⋯⋯

男孩一动不动地说了一个字:"妈⋯⋯"声音很小。于是他的母亲移身过去,坐在他身后,将他搂在怀里,用纸巾替他擦泪。

大象和别的小象们纷纷地用鼻子对小象进行一番抚慰。那情形给人这样一种深刻的印象。如果它们也有手臂的话,它们都会紧紧地搂抱它似的……

男孩此刻悄悄地说："大象真好！"这话，听来已经不是自言自语了，而是在对他母亲讲他的感想了。是母亲的女人也悄悄说："是啊，大象真好，大象是值得人类尊敬的动物。"母子二人仿佛都忘了我这个客人的存在。

不料男孩又说："可是人不好。人坏。"男孩的语调中，有几分恨恨的意思。房间里静极了，因为男孩的话。良久，母亲低声问："儿子，你怎么那么说？"男孩回答："我爸爸出车祸的时候，没有一辆车肯送他去医院，怕爸爸出的血弄脏了他们的车座！"

又良久，母亲娓娓地说："儿子啊，你的想法是不对的。确实，大象啊，天鹅啊，雁啊，总之某些动物，在许多情况下常常表现得使我们人类感到羞愧。但在我们的地球上，人类是最可敬的，尽管人类做了不少危害自己也危害地球的坏事，比如战争，比如浪费资源、环境污染。可是人类毕竟是懂得反省的啊！古代人做错了，现代人替他们反省；上一代人做错了，下一代人替他们反省；这一些人做错了，那一些人替他们反省；自己始终不愿反省的人，就有善于反省的人教育他们反省，影响他们反省。靠了反省的能力，人类绝不会越变越坏。一定会越变越好的。儿子啊。你要相信妈妈的话。因为妈妈的话基本上是事实……"

我没有料到那是母亲的女人，会用那么一大段话回答她的儿子。因为两年来，一想到她丈夫的不幸，她仍对当时袖手旁观、见死不救的那些人耿耿于怀。

刹那间我的眼眶湿了。我联想到了这样一句话——民族和民族的较量，也往往是母亲和母亲的较量。我顿觉一种温暖的欣慰。替非洲大草原上那一头小象。替我罹难的朋友，替我们这个民族……

双琴祭

那两棵树，最适合取其材而做琴。并且，肯定能够做成两把音质优良的小提琴。

它们是生长得极慢的树，好的提琴之所以名贵，这也是原因之一。

那位七十余岁的老制琴师呢，一生已经做过无数把音质优良的小提琴了。他的经验是，一棵那样的树，只能锯取一段，做成一把音质优良的小提琴；若锯取另一段再做一把，音质将比第一把小提琴逊色得多。

老了老了，他就生出一个夙愿来，打算同时做两把小提琴，使它们在音质上不分轩轾，都成为名琴传于世。

琴取于材，材取于树。老制琴师当年亲手栽下两株小树苗，守望着它们的生长已经十余载了。两棵树在三千六百几十天里，不但各自增加着年轮，也像少年和少女渐渐长成健壮的青年和标致的女郎一样，深深地相爱着了。它们彼此欣赏，彼此赞美，通过叶片晃动时发出的沙沙声响，永不厌倦地诉说着缠绵的情话。当它们的枝条长了，它们是多么地盼望起风啊。倘风高四级以上，它们的树冠将会被整体吹弯，树冠依偎向树冠之际，它们便用所有的手臂趁机彼此拥抱，并都祈祷风级更大……

但是老制琴师却病倒了。他知道自己将不久于人世，有一天唤儿子至床前，殷殷叮嘱道："儿子啊，世人对于任何事物，包括人的才能，总习惯于评论出个孰高孰低。我曾有位师兄，他是我最敬佩的制琴者，但是他没能经得起世人在我们之间进行的孰高孰低的评论，他是怀着对我的嫉恨死去的。这一点我很清楚。所以我一直有个夙愿，想要制成两把音质同样优良的小提琴，以此向世人证明，世上有些不同事物的美好是同样的。在美好和美好之间为什么还要比来比去呢？这是人心的偏狭导致的愚蠢啊！儿子啊，我想做的事我是做不到了，你可一定要替我做到。我认为人是需要这种教育的……"

第二天，老制琴师就死了……

后来，他的儿子伐倒那两棵树，锯取了它们各自最好的一段，以同样的耐心和细心，制成了两把小提琴。

他请来了一流的小提琴演奏家试琴。小提琴演奏家拉了一支名曲后，置琴轻松片刻，复操琴演奏同一支名曲。

琴音终了，制琴师的儿子问："大师啊，您认为哪一把琴的音质更优良呢？"

小提琴演奏家奇怪地反问："小伙子，难道我刚才不是在用同一把琴演奏吗？"

"不是的大师，是两把琴呢。趁您分神，我调换了它们。"

大师惊叹地说："真不可思议，如果连我都不能区分，那么它们就是音质同样一流的两把小提琴了！"

大师恐自己的结论不够权威，又请来了他的朋友，一位执棒资历和声望极高的指挥家。我们都知道，一流指挥家的耳，乃是区分音调和音质的最敏感的"仪器"。

指挥家也没能区分开来。

经两位大师做出了权威性的结论,制琴师的儿子如释重负。

他把两把琴送到了琴店,郑重地交代:"如果有谁在这两把琴中反复比较、挑选,自以为是地评优评劣,那么无论他最终选择了哪一把,无论出价多高,都不卖给他。如果有人说它们是同样好的琴,那么可以将两把琴都送给他。如果是两个人,那么一人一把。"

在很长的一段日子里,两把琴既没被卖出,也没被送出。

终于有一天,来了两位父亲,带着两名少年。两名少年是未来的小提琴演奏家,他们的父亲是好友,他们是陪儿子们来选琴的。两名少年的演奏水平,已经达到了配拥有名琴的程度了。他们的目光不约而同地落在两只朴素的琴盒上,琴盒里,是那两把音质同样优良的小提琴。

于是店主取出两把琴让他们试一试。

他们各拉一曲后,不约而同地对父亲说,那正是他们所期望拥有的琴。

店主问:"琴的音质总是有优差之分的,你们不需要交换了再演奏一曲吗?如果你们出了门又因对方的琴比自己的琴好而后悔呢?"

他们的父亲也这么担心着。

但两名少年频频摇头,都说以他们的耳听来,两把琴的音质同样优良。为了使大人们相信他们不后悔,他们毫不犹豫地交换了琴。

"都不需要试试了吗?"店主又问。

"不。"两名少年异口同声。

于是他们幸运地接受了赠予……

后来,他们果然都成了"家"——高超的水平加优良的琴,他们声名鹊起。

他们无论去何地,无论在什么场合,一直合奏着。

世人欣赏他们的合奏,赞美他们的合奏,用尽美好的词汇形容他们的合奏。

但世人的心理是有些古怪的，而且是易变的。人心喜睹分裂，有时甚于祈求和谐。

不久，开始了他们之间孰高孰低的纷纭众说。水平一样，琴还没有差别吗？没有优劣的差别，还没有好和更好的差别吗？即使两把琴没有差别，他们的演奏风度也没有差别吗？

明明有的呀！他们一个胖些，一个瘦些；一个潇洒些，一个在台上似乎有些腼腆；一个艺术家气质十足，而胖些的那个难道不更像面包师吗？

人心一旦发现了美中不足，其实和最初欣赏美时是一样快意的。

那些日子里，正是传媒寂寞难耐的时候。没有某国发生政变，没有某国竞选爆出丑闻，没有瘟疫，没有自然灾害，没有飞机失事、轮船沉没、火车相撞，甚至，连一桩明星的桃色事件都没有……寂寞啊，寂寞。

人心寂寞，传媒也寂寞。

于是传媒一口咬住那纷纭众说，推波助澜，好比饥犬叼住了一块腔骨。

他们难免地不知所措了一个时期。再登台时，风度欠佳的那一个，自觉地礼让风度翩翩的那一个走在前面；风度翩翩的那一个，往往要挽着风度欠佳的那一个的手臂……

于是，世人和传媒，从风度翩翩的那一个身上看出了"作秀"，从风度欠佳的那一个身上看到"愧怯"。

于是，一部分世人，开始同情那个像面包师的，而另一部分世人则主张他们干脆分开算了！

媒体亢奋了，男女记者们经常出现在两部分人中，一个劲地追问：为什么？为什么？商人们及时利用两部分人的心理和媒体的亢奋，用钱钞支持在报刊、电台和电视节目中进行"焦点"讨论。

当他们再登台演出时，音乐厅的观众席上竟爆发了球迷在球场上那一种吼声："我们不愿意看到一张像面包师的男人的脸！他把提琴拉得比猫叫还难听！"

"住口！你们那个帅哥的水平更差！不要以为他甩发的样子很迷人，其实讨厌！"

于是，媒体制造的焦点话题两军对垒，硝烟弥漫，广告俱增，报刊与商家各得其所……

他们不能再合奏下去了。

他们不得不分开了。

尽管分开使他们内心难过，但他们还是明智地，也是万不得已地分开了。

于是不同的商人赞助他们各自进行巡回演出。他们是演奏家，登台演出是他们生命内容的主项，既然不能再合奏了，那么只有独奏。虽然他们都是那么眷恋合奏。因为他们遗憾地觉得他们是两个与别的小提琴演奏家不一样的演奏家，合奏才能更发挥他们的演奏天赋。

比他们更眷恋合奏的是那两把小提琴呀！只有合奏的时候，它们才能有机会相见呀！当人的指尖轻揉在琴上，当琴弓和琴弦贴在一起，它们便回忆起了它们是两棵树的岁月，回忆起了它们幸福的爱的时光，回忆起了无数个早晨彼此脉脉含情的问好，回忆起了在落日余晖的照耀下那些缠绵又甜蜜的情话……于是，即使是一支感伤忧郁的曲子也能从中听出它们对命运的虔诚的感激——而这一点，正是它们的合奏，也是他们的合奏最富感染魅力的原因。

世上只有他们两位提琴演奏家所操之琴是两把彼此深深相爱的琴。

是的，它们是多么地感激命运将它们由两棵树变成了两把琴啊。

始而为树，既而为琴，它们彼此的爱才得以由音乐表达啊。当他们在合奏时，它们未尝不也是在合奏呢。它们彼此间的欣赏、赞美和爱，统统表达在每一首曲子、每一段音阶、每一个音符里。那时它们并不因暂时的分离而忧伤。当它们各自被归入琴盒之际，都心情愉快地互道"珍重"。因为也许明天，它们就又可以用音乐互诉爱情了呀……

但是自从他们分开了，它们再就没"见到"过对方，再就没"听到"过对方优美的声音。它们被彼此的思念折磨着，它们的琴音里开始注入了缕缕忧伤，正如苦苦相思着的情人们的信上有泪痕。

然而两位由合奏转独奏的演奏家，竟渐渐地相互心生出嫉恨来。这是比他们的分开尤其令人遗憾的，却也几乎是必然的。他们不知不觉就坠入了别人的"阴谋"，那"阴谋"又并非在密室里经过策划的。只不过是在人心寂寞无聊的时候，油然而生成的一种默契——其主要成分也不外乎是嫉恨。

是的，是他们曾经的珠联璧合，引起了别人的嫉恨。别人不但要离间他们，还要看他们如何成为仇敌。

这世界之所以有时显得太寂寞，除了因为斯时没有灾难发生，也还因为没有仇敌对应。

果而没有，特别感到无聊特别感到寂寞的人是会通过各种方式"制造"出几对来的。有了，他们便就有热闹看了。

他们的心就因此而活跃起来，世界也仿佛因此而生动起来……

结果事情变成这样子了——倘若他们中谁到某城市演出，那座城市的许多人，包括一切媒体，不仅用热情洋溢的方式和报道欢迎他的到来；而且还充满恶意地贬低另一个，以证明所欢迎之人备受欢迎；同时证明他们，只有他们对音乐的鉴赏才是一流的……

不消说，同样的情形几乎同时出现在另一座城市。

再后来事情变成这样子了——他们中谁到了某座城市，所受的已不是欢迎而是拒绝，而是嘲笑和耍弄。因为按照运算的定理，他们的第二轮巡回演出必定会是那样的局面。

音乐欣赏已变成了戏剧，或音乐剧。剧情煞有介事，也特别热闹。

终于，他们中的一个心理崩溃了。他摔毁了他心爱的小提琴，跃下阳台，一命呜呼。

那一时刻，另一个正在另一座城市的舞台上演出。他的提琴的几根弦，随弓皆断。皆断之际，小提琴发出类似哀号的最后一声颤音……

悲剧的发生，使人心趋于冷静。

对死者的同情超过了人心对其他一切的表现。

有同情就有憎恨，有悲剧就有责任。另一个还没来得及从惊愕中悟到什么，已然懵里懵懂地成了罪魁祸首。憎恨他的不仅是另一个的拥戴者、支持者们，还有他自己的拥戴者和支持者们。

后者们都企图在良心上和他划清界限。

他疯了。

他想不明白，悲剧的线索，究竟是从何时起织入他和他的合奏者之间的。

他在疯人院里继续想，口中经常可怜地嘟囔着："为什么？为什么……"

记者们采访时也曾这么问过。

他那一把琴被换了弦，又摆在琴店里了。然而，无人问津。因为它已被视为不祥之物。事实上它也的确成了不祥之物。只要琴弓一搭在弦上，不容拉，便会发出号哭一般的声音。

是的，那真是一把小提琴在号哭——在为它不幸的爱人而号哭……

它从琴店被送到寄卖店。

一天，一个男人迈进寄卖店，他说明要买那一把琴。

他是已故的老制琴师的儿子。

他被店主引到了堆放破旧杂物的仓房。

"喏，在那儿……"

他发现了琴在墙角。他刚走过去两步，琴膛里蹿出了一只硕大的耗子。耗子已在琴膛里安了家，一窝小耗子刚刚出生……

那琴已被咬得面目全非。

当他离开寄卖店走在路上，听到路边一队放了学的小学生齐唱：世上只有妈妈好，没妈的孩子像……

他想起了父亲生前的夙愿。进而想，倘若世上真的"只有"妈妈好……

在秋季午后祥和而温暖的阳光里，这一个男人不禁泪流满面……

我和橘皮的往事

多少年过去了,那张清瘦而严厉的、戴六百度黑边近视镜的女人的脸,仍时时浮现在我眼前,她就是我小学四年级的班主任老师。想起她,也就使我想起了一些关于橘皮的往事……

其实,校办工厂并非今天的新事物。当年我的小学母校就有校办工厂,不过规模很小罢了。专从民间收集橘皮,烘干了,碾成粉,送到药厂去,所得加工费,用以补充学校的教学经费。

有一天,轮到我和我们班的几名同学,去那小厂房里义务劳动。一名同学问指派我们干活的师傅,橘皮究竟可以治哪几种病?师傅就告诉我们,可以治什么病,尤其对平喘和减缓支气管炎有良效。

我听了暗暗记在心里。我的母亲,每年冬季都为支气管炎所苦,经常喘作一团,憋红了脸,透不过气来。可是家里穷,母亲舍不得花钱买药,就那么一冬季又一冬季地忍受着,一冬季比一冬季气喘得厉害。看着母亲喘作一团,憋红了脸透不过气来的痛苦样子,我和弟弟妹妹每每心里难受得想哭。我暗想,一麻袋又一麻袋,这么多这么多橘皮,我何不替母亲带回家一点呢?……

当天,我往兜里偷偷揣了几片干橘皮。

以后，每次义务劳动，我都往兜里偷偷揣几片干橘皮。

母亲喝了一阵子干橘皮泡的水，剧烈喘息的时候，分明地减少了，起码我觉着是那样。我内心里的高兴，真是没法形容。母亲自然问过我——从哪儿弄的干橘皮？我撒谎，骗母亲，说是校办工厂的师傅送给我的。母亲就抚摸我的头，用微笑表达她因她儿子的孝心所感受到的那一份欣慰。那乃是穷孩子们的母亲们普遍的最由衷的也是最大的欣慰啊！

不料想，由于一名同学的告发，我成了一个小偷，一个贼。先是在全班同学眼里成了一个小偷，一个贼，后来是在全校同学眼里成了一个小偷，一个贼。

那是特殊的年代。哪怕小到一块橡皮、半截铅笔，只要一旦和"偷"字连起来，也足以构成一个孩子从此无法刷洗掉的耻辱，也足以使一个孩子从此永无自尊可言。每每地，在大人们互相攻讦之时，你会听到这样的话——"你自小就是贼！"——那贼的罪名，却往往仅由于一块橡皮、半截铅笔。那贼的罪名，甚至足以使一个人背负终生。即使往后别人忘了，不再提起了，在他或她内心里，也是铭刻下了。这一种刻痕，往往扭曲了一个人的一生，改变了一个人的一生，毁灭了一个人的一生……

在学校的操场上，我被迫当众承认自己偷了几次橘皮，当众承认自己是贼。当众，便是当着全校同学的面啊！

于是我在班级里，不再是任何一个同学的同学，而是一个贼。于是我在学校里，仿佛已经不再是一名学生；而仅仅是，无可争议地是一个贼，一个小偷了。

我觉得，连我上课举手回答问题，老师似乎都佯装不见，目光故意从我身上一扫而过。我不再有学友了。我处于可怕的孤立之中。我不敢对母亲讲我在学校的遭遇和处境，怕母亲为我而悲伤……

当时我的班主任老师，也就是那一位清瘦而严厉的、戴六百度近视镜的中年女教师，正休产假。她重新给我们上第一堂课的时候，就觉察出了我的异常处境。放学后她把我叫到了僻静处，而不是教员室里，问我究竟做了什么不光彩的事。我哇地哭了……

第二天，她在上课之前说："首先我要讲讲梁绍生（我当年的本名）和橘皮的事。他不是小偷，不是贼。是我嘱咐他在义务劳动时，别忘了为老师带一点橘皮。老师需要橘皮掺进别的中药治病。你们再认为他是小偷，是贼，那么也把老师看成是小偷，是贼吧！"

第三天，当全校同学做课间操时，大喇叭里传出了她的声音，说的是她在课堂上所说的那番话……

从此我又是同学的同学、学校的学生，而不再是小偷不再是贼了。从此我不想死了……

我的班主任老师，她以前对我从不曾偏爱过，以后也不曾。在她眼里，以前和以后，我都只不过是她的四十几名学生中的一个，最普通的最寻常的一个……

但是，从此，在我心目中，她不再是一位普通的老师了。尽管依然像以前那么严厉，依然戴六百度的近视镜……

没有她，我不太可能成为作家。也许我的人生轨迹将彻底地被扭曲、改变，也许我真的会变成一个贼，以我的堕落报复社会。

以后我受过许多险恶的伤害，但她使我永远相信，生活中不只有坏人，像她那样的好人是确实存在的……因此我应永远保持对生活的真诚热爱！

看自行车的女人

想为那个看自行车的女人写下篇文字的念头,已萌生在我心里很久了。事实上我也一直觉得还会见到她,果而那样,我就不写她了。却再也没见到。北京太大,存自行车的地方太多,她也许又到别处做一个看自行车的女人去了。或者,又受到什么欺辱,憋屈无人可诉,便回家乡去了?总之我没再见到过她……

而我第一次见到她,是在北京一家牙科医院前边的人行道上:一个胖女人企图夺她装钱的书包,书包的带子已从她肩头滑落,搭垂在她手臂上。她双手将书包紧紧搂于胸前,以带着哭腔的声音叫嚷着:"你不能这样啊,你不能这样啊,我每天挣点钱多不容易啊……"

那绿色的帆布书包,看上去是新的。我想,她大约是为了她在北京找到的这一份看自行车的工作才买的。从前的年代,小学生们都背着那样的书包上学。现在,城市里的小学生早已不背那样的书包了,偶尔可见摆地摊的街头小贩还卖那样的书包,一种赖在大城市消费链上的便宜货。看自行车的女人四十余岁,身材瘦小,脸色灰黄。她穿着一套旧迷彩服,居然的,还戴着一顶也是迷彩的单帽,而足下是一双带扣袢的旧布鞋,没穿袜子,脚面晒得很黑。那一套迷彩服,连那一顶帽子,当然都非正规军装。地摊上也有卖的,十元钱可以都买下来。总之,她那么一种穿戴,使她的模样看上去不伦不类,怪怪的。单帽的帽舌卡得太低,压住了她的双眉。帽舌下,那看自行车的女人的两只眼睛,呈现着莫大的无助的惊恐。

我从围观者们的议论中听明白了两个女人纠缠不休的原因:那人高马大的胖女人存上自行车离开时,忘了拿放在自行车筐里的手拎袋,匆匆地从医院里跑回来找,却不见了,丢了。她认为看自行车的外地女人应该负责任。并且,怀疑是被看自行车的外地女人藏匿了起来。

"我包里有三百元钱,还有手机,你'丫挺'的敢说你没看见!难道我讹你不成吗?!"

胖女人理直气壮。

看自行车的女人可怜巴巴地说:"我确实就没看见嘛!我看的是自行车,你丢了包也不能全怪我……你还兴许丢别处了呢……""你再这样说我抽你!"——胖女人一用力,终于将看自行车的女人那书包夺了去,紧接着将一只手伸入包里去掏,却只不过掏出了一把零钱。五六十辆自行车而已,一辆收费两毛钱,那书包里钱再怎么多,也多不过十几元啊。

"当"的一声,一只小搪瓷碗抛在看自行车的女人脚旁,抢夺者骑上自己的自行车,带着装有十几元零钱的别人的书包,扬长而去。我想,那与其说是经济补偿,毋宁说更是图一种心理平衡的行为。我居京二十余年,第一次听一个北京的中年妇女口中说出"丫挺"二字。我至今对那二字的意思也不甚了了,但一直觉得,无论男女,无论年龄,口中一出此二字,其形其状,顿近痞邪。

看自行车的女人,追了几步,回头看着一排自行车,情知不能去追,也情知是追不上的,慢慢走到原地,捡起自己的小搪瓷碗,瞧着发愣。忽然,头往身旁的大树上一抵,呜呜哭了。那单帽的帽舌,压折在她的额和树干之间……

我第二次见到她,是在北京的一家书店门外。那家书店前一天在晚报上登了消息,说第二天有一批处理价的书卖。我的手,和一只女人的黑黑瘦瘦的手,不期然地伸向了同一本书——《英汉对照词典》。我一抬头,认出了对方正是那个看自行车的女人,不由得将伸出的手缩了回来。我家小阿姨莲花嘱我替她捎买一本那样的书,不知那看自行车的女人替什么人买。看自行车的女人那天没再穿那套使她的样子不伦不类的迷彩服,也没戴迷彩单帽,而穿了一身洗得干干净净的一蓝布衫裤。我的手刚一缩回,她赶紧地将那一本书拿起在手中,急问卖书人多少钱。人家说二十元,她又问十五元行不行?人家说一本新的要卖四十元呢!你买不买?不买干脆放下,别人还买呢!看自行车的女人就将一种特别无奈的目光望向了我,她的手却仍不放那词典。我默默转身走了。

我听到她在背后央求地说:"卖给我吧,卖给我吧,我真的就剩十五元钱了!你看,十五元六角,兜里再一分钱也没有了!我不骗你,你看,我还从你们这儿买了另外几本书哪!"

又听卖书的人好像不情愿似的:"行行行,别啰唆了,十五元六拿去吧!"

……

后来,那女人又在一家商场门前看自行车了。一次,我去那商场买蒸锅,没有大小合适的,带着的一百元钱也就没破开。取自行车时,我没想到看自行车的人会是她,歉意地说:"忘带存车的零钱了,一百元你能找得开吗?"我那么说时表情挺不自然,以为她会朝不好的方面猜度我。因为一个人从商场出来,居然说自己兜里连几角零钱都没有,不大可信的。她望着我愣了愣,似乎要回忆起在哪儿见过我,又似乎仅仅是由于我的话而发愣。也不知她是否回忆起了什么,总之她一笑，很不好意思地说："那就不用给钱了，走吧走吧！"——她当时那笑，给我留下很深的印象。我们许多人，不是已被猜度惯了吗？偶尔有一次竟不被明明有理由猜度我们的人所猜度，于我们自己反倒是很稀奇之事了。每每的，竟至于感激起来。我当时的心情就是那样。应该不好意思的是我，她倒那么地不好意思。仅凭此点，以我的经验判断，在牙科医院前的人行道上发生的那件事中，这外地的看自行车的女人，她是毫无疑问地被欺负了……这世界上有多少事的真相，是在众目睽睽的情况之下被掩盖甚至被颠倒了啊！这么一想，我不禁替她不平……

我第二次去那家商场买到了我要买的那种大小的蒸锅，付存车费时我说："上次欠你两毛钱，这次付给你。"我之所以如此主动，并非想要证明自己是一个多么多么诚信的人。我当时丝毫也没有这样的意识。倒是相反，认为她肯定记着我欠她两毛钱存车费的事，若由她提醒我，我会尴尬的。不料她又像上次那样愣了一愣。分明的，她既不记得我曾欠她两毛钱存车费的事了，也不记得我和她曾要买下同一本词典的事了。可也是，每天这地方有一二百人存自行车取自行车，她怎么会偏偏记得我呢？对于那个外地的看自行车的女人，这显然是一份比牙科医院门前收入多的工作。我看出她脸上有种心满意足的表情。那套迷彩服和那顶迷彩单帽，仿佛是她看自行车时的工作装，照例穿戴着，依然赤脚穿着那双旧布鞋，依然用一只绿色的帆布小书包装存车费。

"不用啊不用啊。"她又不好意思起来，硬塞还给了我两毛钱。我觉得，她特别希望给在这里存自行车的人一种良好的印象。我将装蒸锅的纸箱夹在车后座上，忍不住问了她一句："你哪儿人？"

"河南。"她的脸，竟微微红了一下，我于是想到了那是为什么，便说："我家小阿姨也是河南人。"她默默地，有些不知说什么好地笑着。"来北京多久了？""还不到半年。""家乡的日子怎么样呢？""不容易过啊……再加上我儿子又上了大学……"她将大学两个字说出特别强调的意味，顿时一脸自豪。"唔？在一所什么大学？"她说出了一座我陌生的河南城市的名字。我知近年某些省份的地区级城市的师范类专科学院，也有改挂大学校牌的，就没再问什么。

我推自行车下人行道时，觉得后轮很轻。回头一看，见她的一只手替我提起着后轮呢。骑上自行车刚蹬了几下，纸箱掉了。那看自行车的女人跑了过来，从书包里掏出一截塑料绳……

北京下第一场雪后的一天晚上，北影一位退了休的老同志给我打电话，让我替他写一封表扬信寄给报社。他要表扬的，就是那个河南的看自行车的女人。他说他到那家商场去取照片，遇到熟人聊了一会儿，竟没骑自行车走回了家，拎兜也忘在自行车筐里了……

"拎兜里有几百元钱，钱倒不是我太在乎的。我一共洗了三百多张老照片啊！干了一辈子摄影，那些老照片可都是我的宝呀！吃完晚饭天黑了我才想起来，急急忙忙打的去存车那地方，你猜怎么着？就剩我那一辆自行车了！人家看自行车那女人，冷得受不了，站在商店门里，隔着门玻璃，还在看着我那辆旧自行车哪！而且，替我将我的拎兜保管在她的书包里。人心不可以没有了感动呀是不是？人对人也不可以不知感激是不是？"

北影退了休的摄影师在电话里恳言切切。我满口应承照办照办。然而过后事一多，所诺之事竟彻底忘了。不久前我又去那家商场买东西，见看自行车的人已经换了，是一个外地的男人了。我问原先那个看自行车的女人呢？他说走了。我问为什么她走了呢？他说，还能为什么呢？那就是她不称职呗！我们外地人在北京挣这一份工作，那也是要凭竞争能力的！我心黯然，替那看自行车的女人。并且，也有几分替她那在一所默默无闻的大学里读书的儿子……我想问她到哪里去了？张张嘴，却什么也没有再问。我不知她从农村来到城市，除了看自行车，还能干什么？如果她仍在北京的别处，或别的城市里做一个看自行车的人，我祈祝她永远也不会再碰到什么欺负她的人，比如那个抢夺了她书包的胖女人。

  阳光底下，农村人，城市人，应该是平等的。弱者有时对这平等反倒显得诚惶诚恐似的，不是他们不配，而是因为这起码的平等往往太少，太少……

孩子和雁

在北方广袤的大地上,三月像毛头毛脚的小伙子,行色匆匆地奔过去了。几乎没带走任何东西,也几乎没留下明显的足迹。北方的三月总是这样,仿佛是为躲避某种纠缠而来,仿佛是为摆脱被牵挂的情愫而去,仿佛故意不给人留下印象。这使人联想到徐志摩的诗句"我挥一挥衣袖,不带走一片云彩"。北方的三月,天空上一向没有干净的云彩;北方的三月,"衣袖"一挥,西南风逐着西北风。然而大地上还是一派融冰残雪处处覆盖的肃杀景象……

现在,四月翩跹而至了。

与三月比起来,四月像一位低调处世的长姐。其实,北方的四月只不过是温情内敛的呀。她把她对大地那份内敛而又庄重的温情,预先储存在她所拥有的每一个日子里。当她的脚步似乎漫不经心地徜徉在北方的大地上,北方的大地就一处处苏醒了。大地嗅着她春意微微的气息,开始了它悄悄的一天比一天生机盎然的变化。天空上仿佛陈旧了整整一年的、三月不爱搭理的、吸灰棉团似的云彩,被四月的风一片一片地抚走了,也不知抚到哪里去了。四月吹送来了崭新的干净的云彩。那可能是四月从南方吹送来的云彩,白而且蓬软似的,又仿佛刚在南方清澈的泉水里洗过,连拧都不曾拧一下就那么松松散散地晾在北方的天空上了。除了山的背阳面,别处的雪是都已经化尽了。凉沁沁亮汩汩的雪水,一汪汪地渗到泥土中去了。河流彻底地解冻了,小草从泥土中钻出来了,柳枝由脆变柔了,树梢变绿了。还有,一队一队的雁,朝飞夕栖,也在四月里不倦地从南方飞回北方来了……

在北方的这一处大地上有一条河,每年的春季都在它折了一个直角弯的地方溢出河床,漫向两岸的草野。于是那河的两岸,在四月里形成了近乎水乡泽国的一景。那儿是北归的雁群喜欢落宿的地方。

离那条河二三里远,有个村子,是普通人家的日子都过得很穷的村子。其中最穷的人家有一个孩子,那孩子特别聪明,那特别聪明的孩子特别爱上学。

他从六七岁起就经常到河边钓鱼。他十四岁那一年,也就是初二的时候,有一天爸爸妈妈又愁又无奈地告诉他——因为家里穷,不能供他继续上学了……

这孩子就也愁起来。他委屈,委屈而又不知该向谁去诉说。于是一个人到他经常去的地方,也就是那条河边去哭。不只大人们愁了委屈了如此,孩子也往往如此。聪明的孩子和刚强的大人一样,只在别人不常去而又似乎仅属于自己的地方独自落泪。

那正是四月里某一天的傍晚。孩子哭着哭着,被一队雁自晚空徐徐滑翔下来的优美情形吸引住了目光。他想他还不如一只雁,小雁不必上学,不是也可以长成一只双翅丰满的大雁吗?

他回到家里后,对爸爸妈妈郑重地宣布:他还是要上学读书,争取将来做一个有知识有文化的人。爸爸妈妈就责备他不懂事。而他又说:"我的学费,我要自己解决。"爸爸妈妈认为他在说赌气话,并不把他的话放在心上。

但那一年,他却真的继续上学了。而且,学费也真的是自己解决的。

也是从那一年开始，最近的一座县城里的某些餐馆，菜单上出现了"雁"字。不是徒有其名的一道菜，而的的确确是雁肉在后厨的肉案上被切被剁，被炸被烹……

雁都是那孩子提供的。

后来《中华人民共和国野生动物保护法》宣传到那座县城里了，唯利是图的餐馆的菜单上，不敢公然出现"雁"字了。但狡猾的店主每回都悄问顾客："想换换口味吗？要是想，我这儿可有雁肉。"倘若顾客反感，板起脸来加以指责，店主就嘻嘻一笑，说开句玩笑嘛，何必当真！倘若顾客闻言眉飞色舞，显出一脸馋相，便有新鲜的或冷冻的雁肉，又在后厨的肉案上被切被剁。四五月间可以吃到新鲜的，以后则只能吃到冷冻的了……

雁仍是那孩子提供的。斯时那孩子已经考上了县里的重点高中。

他在与餐馆老板们私下交易的过程中，学会了一些他认为对他来说很必要的狡猾。

他的父母当然知道他是靠什么解决自己的学费的。他们曾私下里担心地告诫他："儿呀，那是违法的啊！"

他却说："违法的事多了。我是一名优秀学生，为解决自己的学费每年春秋两季逮几只雁卖，法律就是追究起来，也会网开一面的。"

"但大雁不是家养的鸡鸭鹅，是天地间的灵禽，儿子你做的事是罪过呀！"

"那叫我怎么办呢？我已经读到高中了。我相信我一定能考上大学。难道现在我该退学吗？"

见父母被问得哑口无言，又说："我也知道我做的事不对，但以后我会以我的方式赎罪的。"

那些与他进行过交易的餐馆老板们，曾千方百计地企图从他嘴里套出"绝招"——他是如何能逮住雁的？

"你没有枪。再说你送来的雁都是活的，从没有一只带枪伤的。所以你不是用枪打的，这是明摆着的事吧？"

"是明摆着的事。"

"对雁这东西，我也知道一点。如果它们在什么地方被枪打过了，哪怕一只也没死伤，那么它们第二年也不会落在同一个地方了，对不？"

"对。"

"何况，别说你没枪，全县谁家都没枪啊。但凡算支枪，都被收缴了。哪儿一响枪声，其后公安机关肯定详细调查。看来用枪打这种念头，也只能是想想罢了。"

"不错，只能是想想罢了。"

"那么用网罩行不行？"

"不行。雁多灵警啊。不等人张着网挨近它们，它们早飞了。"

"下绳套呢？"

"绳粗了雁就发现了。雁的眼很尖。绳细了，即使套住了它，它也能用嘴把绳啄断。"

"那就下铁夹子！"

"雁喜欢落在水里，铁夹子怎么设呢？碰巧夹住一只，一只惊一群，你也别打算以后再逮住雁了。"

"照你这么说就没法子了？"

"怎么没法子，我不是每年没断了送雁给你吗？"

"就是呀。讲讲，你用的是什么法子？"

"不讲。讲了怕被你学去。"

"咱们索性再做一种交易。告诉我给你五百元钱。"

"不。"

"那……一千！一千还打不动你的心吗？"

"打不动。"

"你自己说个数!"

"谁给我多少钱我也不告诉。如果我为钱告诉了贪心的人,那我不是更罪过了吗?"

他的父母也纳闷地问过,他照例不说。

后来,他自然顺利地考上了大学。而且第一志愿就被录取了——农业大学野生禽类研究专业。是他如愿以偿的专业。

再后来,他大学毕业了,没有理想的对口单位可去,便"下海从商"了。他是中国最早"下海从商"的一批大学毕业生之一。

如今,他带着他凭聪明和机遇赚得的五十三万元回到了家乡。他投资改造了那条河流,使河水在北归的雁群长久以来习惯了中途栖息的地方形成一片面积不小的人工湖。不,对北归的雁群来说,那儿已经不是它们中途栖息的地方了,而是它们乐于度夏的一处环境美好的家园了。

他在那地方立了一座碑——碑上刻的字告诉世人,从初中到高中的五年里,他为了上学,共逮住过五十三只雁,都卖给县城的餐馆被人吃掉了。

他还在那地方建了一幢木结构的简陋的"雁馆",介绍雁的种类、习性、"集体观念"等等一切关于雁的趣事和知识。在"雁馆"不怎么显眼的地方,摆着几只用铁丝编成的漏斗形状的东西。

如今,那儿已成了一处景点。去赏雁的人渐多。

每当有人参观"雁馆",最后他总会将人们引到那几只铁丝编成的漏斗形状的东西前,并且怀着几分罪过感坦率地告诉人们——他当年就是用那几种东西逮雁的。他说,他当年观察到,雁和别的野禽有些不同。大多数野禽,降落以后,翅膀还要张开着片刻才缓缓收拢。雁却不是那样。雁双掌降落和翅膀收拢,几乎是同时的。结果,雁的身体就很容易整个儿落入经过伪装的铁丝"漏斗"里。因为没有什么伤痛感,所以中计的雁一般不至于惶扑,雁群也不会受惊。飞了一天精疲力竭的雁,往往将头朝翅下一插,怀着几分奇怪大意地睡去。但它第二天可就伸展不开翅膀了,只能被雁群忽视地遗弃,继而乖乖就擒……

之后,他又总会这么补充一句:"我希望人的聪明,尤其一个孩子的聪明,不再被贫穷逼得朝这方面发展。"

那时,人们望着他的目光里,便都有着宽恕了……

在四月或十月,在清晨或傍晚,在北方大地上这处景色苍野透着旖旎的地方,常有同一个身影久久伫立于天地之间,仰望长空,看雁队飞来翔去,听雁鸣阵阵入耳,并情不自禁地吟他所喜欢的两句诗:"风翻白浪花千片,雁点青天字一行。"

便是当年那个孩子了。

人们都传说——他将会一辈子驻守那地方的……

第二单元 泛读美文

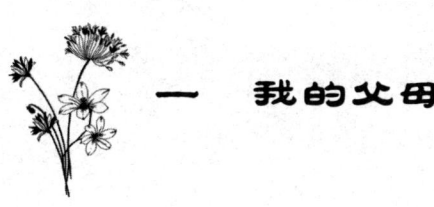 一　我的父母

母亲养蜗牛

母亲是住惯了大杂院的。

大杂院自有大杂院的温馨：邻里处得好，仿佛一个大家庭。故母亲初住在北京我这里时，被寂寞所围的情形简直令我感到凄楚。单位只有一幢宿舍楼，大部分职工是中青年，当然不是母亲聊天的对象。由于年龄、经历、所关注事物之不同，除了工作方面的话题，甚至也不是我的聊天对象。我是早已习惯了寂寞的人，视清静为一天的好运气，一种特殊享受。而且我也早已习惯了自己和自己诉说，习惯了心灵的独白。那最佳方式便是写作。稿债多多，默默地落笔自语，成了我无法改变的生活定律了。

我们住的这幢楼，大多数日子，几乎是一幢空楼。白天是，晚上仿佛也是。人们在更多的时候不属于家，而属于摄制组。于是母亲几乎便是一位被"软禁"的老人了……

为了排遣母亲的寂寞，我向北影借了一只鹦鹉，就是电影《红楼梦》中黛玉养在"潇湘馆"的那一只。一个时期内，它成了母亲的伴友，常与母亲对望着，听母亲诉说不休。偶尔发一声叫，或嘎唔一阵，似乎就是"对话"了。但它有"工作"，是"明星"，不久又被"请"

去拍电影了。母亲便又陷入寂寞和孤独的苦闷之中……

幸而住在我们楼上的人家"雪中送炭",赠予母亲几只小蜗牛,并传授饲养方法,交代注意事项。那几个小东西,只有小指甲的一半那么大,呈粉红色,半透明,隐约可见内中居住着不轻易外出的胎儿似的小生命。其壳看上去极薄极脆,似乎不小心用指头一碰,便会碎了。

母亲非常喜欢它们,视若宝贝,将它们安置在一个漂亮的装过茶叶的铁盒里,还预先垫了潮湿的细沙。有了那么几个小生命,母亲似乎又有了需精心照料和养育的儿女了。七十多岁的老太太,仿佛又变成一位责任感很强的年轻的母亲。她要经常将那小铁盒放在窗台上,盒盖敞开一半,使那些小东西能够晒晒太阳。并且,要很久很久地守着,看着,怕它们爬到盒子外边,爬丢了。就好比一位母亲守在床边,看着婴儿在床上爬,满面洋溢母爱,一步不敢离开,唯恐转身之际,婴儿会摔在地下似的。连雨天,母亲担心那些小生命着凉,就将茶叶盒放在温水中,使沙子能被温水焐暖些。它们爱吃的是白菜心儿、苦瓜、冬瓜之类,母亲便将这些蔬菜最好的部分,细细剁了,撒在盒内。一次不能撒多。多了,它们吃不完,腐烂在盒内,必会影响"环境卫生",有损它们健康。它们是些很胆怯的小生命,盒子微微一动,立即缩回壳里。它们又是些天生的"居士",更多的时候,足不出"户",深钻在沙子里,如同专执一念打算成仙得道之人,早已将红尘看破,排除一切凡间滋扰,"猫"在深山古洞内苦苦修行。它们又是那么地羞涩,宛如大门不出二门不迈的名门闺秀。正应了那句话,真人不露相,露相不真人。偶尔潜出"闺阁",总是缓移"莲步",像提防好色之徒攀墙缘树偷窥芳容玉貌似的。觉得安全,则便与它们的"总角之好"在小小的"后花园"比肩而行。或一对对,隐于一隅,用细微微的触角互相爱抚、表达亲昵……

母亲日渐一日地对它们有了特殊的感情。那种感情，是与小生命的一种无言的心灵之倾诉和心灵之交流。而那些甘于寂寞、与世无争、与同类无争的小生命，也向母亲奉献了愉悦的时光和观赏的乐趣。有时，我为了讨母亲的欢心，停止写作，与母亲共同观赏……

八岁的儿子也对它们产生了浓厚的兴趣，也开始经常捧着那漂亮的小蜗牛们的"城堡"观赏。那一种观赏的眼神，闪烁着希望之光。都是希望之光，但与母亲观赏时的眼神，有着质的区别……

"奶奶，它们怎么还不长大啊？"

"快了，不是已经长大一些了吗？"

"奶奶，它们能长多大呀？"

"能长到你的拳头那么大呢！"

"奶奶，你吃过蜗牛吗？"

"吃？"

"我们同学就吃过，说可好吃了！"

"哦……兴许吧……"

"奶奶，我也要吃蜗牛！我要吃辣味蜗牛！我还要喝蜗牛汤！我同学的妈妈说，可有营养了！小孩常喝蜗牛汤聪明……"

"这……"

"奶奶，你答应我嘛！"

"它们现在还小哇……"

"我有耐性等它们长大了再吃它们。不，我要等它们生出小蜗牛以后再吃它们。这样我不就永远可以吃下去了吗？奶奶你说是不是？"

母亲愕然。

我阻止他："不许你存这份念头！不许你再跟奶奶说这种话！难道缺你肉吃了吗？馋鬼，你是一头食肉动物哇？"

儿子眨巴眨巴眼睛，受了天大委屈似的，一副要哭的模样。

母亲便哄："好，好，等它们长大了，奶奶一定做了给你吃。"

我说："不能什么事都依他！由我替奶奶保护它们，看谁敢再提要吃它们！"

儿子理直气壮地说："吃猪肉、羊肉、牛肉可以，吃鸡肉可以，吃烤鸭可以，为什么吃蜗牛就不行？"

我晓之以理："我们吃的是肉……"

儿子说："我想吃的也是蜗牛肉呀，我说吃它们的壳了吗？"

我说："你得明白，人自己养的东西，是舍不得弄死了吃的。这个道理，是尊重生命的道理……"

儿子顶撞我："你骗小孩！你尊重生命了吗？上次别人送给你的蚕蛹，活着的，还在动呢，你就给用油炸了！奶奶不吃，妈妈不吃，我也不吃，全被你一个人吃了！我看你吃得可香呢！"

我无言以对。从此，儿子似乎更认为，首先在理论上，有极其充分的、天经地义的、无可辩驳的吃蜗牛的根据了……

从此，母亲观看那些小生命的时候，儿子肯定也凑过去观看……

先是，儿子问它们为什么还没长大，而母亲肯定地回答——它们分明已经长大了……

后来是，儿子确定地说，它们分明已经长大了。不是长大了些，而是长大了许多，而母亲总是摇头——根本就没长……

然而，不管母亲怎么想，怎么说，也不管儿子怎么想，怎么说，那些小小的生命，的的确确是天天长大着。在母亲的精心饲养下，长得很迅速。壳开始变黑了，变硬了。不再是些仿佛不经意地用指头轻轻一碰就易破碎的小东西了，它们的头和它们的柔软的身躯，从它们背着的"房屋"内探出时，也有形有状了，憨态可掬，很有妙趣了。它们的触角，也变粗变长了，俩俩一对，在盒之一隅卿卿我我、"耳鬓厮磨"之际，更显得情意缱绻、斯文百种了……

那漂亮的茶叶盒，对它们来说未免显得小了。

于是母亲将它们移入另一个盒子里，一个装过饼干的更漂亮的盒子。

"奶奶，它们就是长大了吧？"

"嗯，就是长大了呢……"

"奶奶，它们再长大一倍，就该吃它们了吧？"

"不行。得长到和你拳头一般大。你不是说要等它们生出小蜗牛之后再吃它们吗？"

"奶奶，我不想等到那时候，我只吃一次，尝尝什么味就行了……"

母亲默不作答。

我认为有必要和儿子进行一次更郑重更严肃些的谈话。一天，趁母亲不在家，我将儿子扯至跟前，言衷辞切，对他讲奶奶抚养爸爸、叔叔和姑姑成人，一生含辛茹苦，忍辱负重，是多么地不容易。自爷爷去世后，奶奶的一半，其实也已随着爷爷而去了。爸爸的活法又是写作，有心挤出更多的时间陪奶奶，也往往心恳而做不到。爸爸的时间，常被某些不相干的人不相干的事侵占了去，这是爸爸对奶奶十分内疚而无奈的。奶奶内心的孤独和寂寞，是爸爸虽理解也难以帮助排遣的。为此爸爸曾买过花，买过鱼。可养花养鱼，需要些专门的常识。奶奶养不好，花死了，鱼也死了。那些小小的蜗牛，奶奶倒是养得不错，而你还天天盼着吃了它们，你对吗？

儿子低下头说："爸爸，我明白了……"

我问："你明白什么了？"

儿子说："如果我吃了蜗牛，便是吃了奶奶的那一点欢悦……"

我说："既然你明白了，以后再也不许对奶奶说吃不吃蜗牛的话了！"儿子一副信誓旦旦的模样，诺诺连声。果然再不盼着吃辣味蜗牛、喝蜗牛汤了。甚至，再不关注那更漂亮的蜗牛们的新居了……

一天，我下班回到了家里，母亲已做好晚饭，一一摆上桌子。母亲最后端的是一盆汤，对儿子说："你不是要喝蜗牛汤吗？我给你做了，可够喝吧！"

我愕然。儿子也愕然。我狠狠瞪儿子。儿子辩白："不是我让奶奶做的！"母亲也说："是我自己想做给我孙子喝的……"母亲说着，朝我使眼色……我困惑。首先拿起小勺，舀了一勺，慢呷一口，鲜极了！但我品出，那绝不是什么蜗牛汤，而是蛤蜊汤。我对儿子说："奶奶是为你做的，你就喝吧！"儿子迟疑地拿起小勺，喝了起来。我问："好喝吗？"儿子说："好喝。"又问："奶奶对你好不好？"儿子说："好……奶奶，等我长大了，能挣钱了，挣的钱都给你花！"八岁的儿子动了小孩的感情，眼泪吧嗒吧嗒落入汤里。母亲欣慰地笑了……其实母亲将那些长大了的，她认为完全能够独立生活了的蜗牛放了。放于楼下花园里的一棵老树下。那儿土质松软，潮湿，很适于它们生存。而且，老树还有一个深深的树洞。大概是可供它们避寒的……

母亲依然每日将蜗牛们爱吃的菜蔬之最鲜嫩的部分，细细剁碎，撒于那棵树下……

一天，母亲喜笑颜开地对我说："我又看到它们了！"

我问："谁们呀？"

母亲说："那些蜗牛呗。都好像认识我似的，往我手上爬……"我望着母亲，见母亲满面异彩。那一时刻，我觉得老人们心灵深处情感交流的渴望，真真地令我肃然，令我震颤，令我沉思……

而长大成人的儿子们和女儿们，做了父母的儿子们和女儿们，四十多岁五十多岁的儿子们和女儿们，我们还能够细致地经常洞察到这一点吗？

冬天来了。

树叶落光了。

大地冻硬了。

母亲孑然一身地走了。我给母亲的信中写道："妈，来年春天，我会像您一样，天天剁了细碎的蔬菜，去撒在那一棵老树下……"那些甘于寂寞的、惯于离群索居的、羞涩的、斯文的、与世无争与同类无争的蜗牛们啊，谁知它们是否会挨过寒冷的冬天呢？谁知它们明年春天是否会出现在那一棵老树之下呢？它们真的会认识饲养过它们的我的老母亲吗？居然也会认识那样一位老母亲的儿子吗？

愿上天保佑它们！

给哥哥的信

亲爱的哥哥：

　　提笔给你写此信，真是百感交集。亦羞愧难当，无地自容！

　　屈指算来，弟弟妹妹们各自成家，哥哥入院，十五六年矣！这十五六年间，我竟一次也没探望过哥哥，甚至也没给哥哥写过一封信，我可算是个什么样的弟弟啊！

　　回想从前的日子，哥哥没生病时，曾给予过我多少手足关怀和爱护啊！记得有次我感冒发烧，数日不退，哥哥请了假不上学，终日与母亲长守床边，服侍我吃药，用凉毛巾为我退烧。而那正是哥哥小学升中学的考试前夕呀！那一种手足亲情，绵绵温馨，历历在目。

　　我别的什么都不想吃，只要吃"带馅儿的点心"，哥哥就接了母亲给的两角多钱，二话不说，冒雨跑出家门。那一天的雨多大呀！家中连件雨衣连把雨伞都没有，天又快黑了，哥哥出家门时只头戴了一顶破草帽。哥哥跑遍了家附近的小店，都没有"带馅儿的点心"卖。哥哥为了我这个弟弟能在病中吃上"带馅儿的点心"，却不死心，冒大雨跑往市里去了，手中只攥着两角多钱，自然舍不得花掉一角多钱来回乘车。那样，剩下的钱恐怕连买一块"带馅儿的点心"也不够了。

一个多小时后哥哥才回到家里，像落汤鸡，衣服裤子湿得能拧出半盆水！草帽被风刮去了，路上摔了几跤，膝盖也破了，淌着血。可哥哥终于为我买回了两块"带馅儿的点心"。点心因哥哥摔跤掉在雨水里，泡湿了。放在小盘里端到我面前时，已快拿不起来了。哥哥见点心成了那样子，一下就哭了……哥哥反觉太对不起我这个偏想吃"带馅儿的点心"的弟弟！唉，唉，我这个不懂事的弟弟呀，明知天在下雨，明知天快黑了，干吗非想吃"带馅儿的点心"呢？不是借着点病由闹矫情吗？

还记得我上小学六年级，哥哥刚上高中时，我将家中的一把玻璃刀借给同学用，被弄丢了。当时父亲已来过家信，说是就要回哈市探家了。父亲是工人。他爱工具。玻璃刀尤其是他认为宝贵的工具。的确啊，在当年，不是哪一个工人想有一把玻璃刀就可以有的。我怕受父亲的责骂，那些日子忐忑不安。而哥哥安慰我，一再说会替我担过。果然，父亲回到家里以后，有天要为家里的破窗换块玻璃，发现玻璃刀不见了，严厉询问，我吓得不敢吱声。哥哥鼓起勇气说，是被他借给人了。父亲要哥哥第二天讨回来，哥哥第二天当然是无法将一把玻璃刀交给父亲的。推说忘了。第三天，哥哥不得不"承认"是被自己弄丢了——结果哥哥挨了父亲一耳光。那一耳光是哥哥替我挨的呀……

哥哥的病，完完全全是被一个"穷"字愁苦出来的。哥哥考大学没错。上大学也没错。因为那也是除了父亲以外，母亲及弟弟妹妹们非常支持的呀！父亲自然也有父亲的难处。他当年已五十多岁了，自觉力气大不如前了。对于一名靠力气挣钱的建筑工人，每望着面前一个个未成年的儿女，他深受着抚养责任的压力哪！哥哥上大学并非出于一己抱负的自私，父亲反对哥哥上大学，主张哥哥早日工作，也是迫于家境的无奈啊！一句话，一个穷字，当年毁了一考入大学就被选为全校学生会主席的哥哥……

我下乡以后，我们还经常通信是不哥哥？别人每将哥哥的信转给我，都会不禁地问："谁给你写的信，字迹真好，是位练过书法的人吧？"

我将自己写的几首小诗寄给哥哥看，哥哥立刻明白——弟弟心里产生爱了！我也就很快地收到了哥哥的回信——一首词体的回信。太久了，我只能记住其中两句了——"遥遥相望锁唇舌，却将心相印，此情最可珍。"

即使在我下乡那些年，哥哥对我的关怀也依然是那么温馨，信中每嘱我万勿酣睡于荒野之地，怕我被毒虫和毒蛇咬；嘱我万勿乱吃野果野蘑，怕我中毒；嘱我万勿擅动农机具，怕我出事故；嘱我万勿到河中戏水，怕下乡前还不会游泳的我被溺……

哥哥，自我大学毕业分配在北京以后，和哥哥的通信就中断了。其间回过哈市五六次，每次都来去匆匆，竟每次都没去医院探望过哥哥！这是我最自责，最内疚，最难以原谅自己的！

哥哥，亲爱的哥哥，但是我请求你的原谅和宽恕。家中的居住情况，因弟弟妹妹们各自结婚，二十八平米的破陋住房，前盖后接，不得不被分隔为四个"单元"。几乎每一尺空间都堆满了东西——这我看在眼里，怎么能不忧愁在心中呢？怎么能让父亲母亲在那样不堪的居住条件之下度过晚年呢？怎么能让弟弟妹妹们在那样不堪的居住条件之下生儿育女呢？连过年过节也不能接哥哥回家团圆，其实，乃因家中已没了哥哥的床位呀！是将哥哥在精神病院那一张床位，当成了哥哥在什么旅馆的永久"包床"啊！细想想，于父母亲和弟弟妹妹，是多么地万般无奈！于哥哥，又是多么残酷！哥哥的病本没那么严重啊！如果家境不劣，哥哥的病早就好了！哥哥在病中，不是还曾在几所中学代过课吗？从数理化到文史地，不是都讲得很不错吗……

我十余年中,每次回哈,都是身负着特殊使命一样,为家中解决住房问题,为弟弟妹妹解决工作问题呀!是心中想念,却顾不上去医院探望哥哥啊!当年我其实也是心有余而力不足,豁出自尊四处求助,往往事倍功半罢了……

如今,我可以欣慰地告诉哥哥了——我多年的稿费加上幸逢拆迁,弟弟妹妹的住房都已解决;弟弟妹妹们的工作都较安稳,虽收入低,但过百姓日子总还是过得下去的;弟弟妹妹们的三个女儿,也都上了高中或中专……

如今,我可以欣慰地告诉哥哥了——父母二老还都健在,早已接来北京与我住在一起……

望哥哥接此信后,一切都不必挂念。

春节快到了——春节前,我将雷打不动地回哈市,将哥哥从医院接出,与哥哥共度春节……

今年五月,我将再次回哈市,再次将哥哥从医院接出,陪哥哥旅游半个月……

如哥哥同意,我愿那之后,与哥哥同回北京——哥哥的晚年,可与我生活在一起……

如哥哥心恋哈市亲情旧友多,那么,我将为哥哥在哈市郊区买一套房,装修妥善,布置周全——那里将是哥哥的家。

总之,我不要亲爱的哥哥再住在精神病院里!

总之,我要竭尽全力为哥哥组建一个家庭,为哥哥积攒一笔钱,以保证哥哥晚年能过无忧无虑的正常的家庭生活!

哥哥本来早就是可以像正常人一样过家庭生活的啊!这一点是连医生们心中都清楚的啊!只不过从前弟弟顾不上哥哥,只不过从前弟弟没有那份经济能力……

哥哥,亲爱的哥哥——你实实在在是受了天大委屈!哥哥,亲爱的哥哥——耐心等我，我们不久就要在一起过春节了！哥哥，亲爱的哥哥——紧紧地拥抱你！

你亲爱的弟弟绍生 1999 年 1 月 20 日于北京

注：十年前失去了老父亲，去年又失去了老母亲，我乃天下一孤儿了！没有老父亲老母亲的感觉，一点也不好。特别不好！我宁愿要那种"上有老，下有小"的沉重，而不愿以永失父子母子的天伦亲情，去换一份卸却沉重的轻松。于我，其实从未觉得真的是什么沉重，而觉得是人生的一种福分，现在，没法再享那一种福分了！我真羡慕父母健康长寿的儿女！现在，对哥哥的义务和责任，乃我最大的义务和责任之一了。对哥哥的亲情，因十五六年间的顾不上的失落，现在对我尤其显得宝贵了。我要赶快为哥哥做。倘在将做未做之际而痛失哥哥，我想，我心的亲情伤口怕就难以愈合了。故有此信。

罐头的故事

我永远忘不了十三四岁时，滴到我嘴里的那一滴罐头汁……

不知"罐头"一词究竟是外语的直译，或中国百姓的惯说。每每视其而想，"罐"字似乎有些道理，后边连着"头"字却又是何意呢？百思不得其解。

我大约已有十年没吃过罐头了。确切地说，是没吃过自己花钱买的罐头。当然不是舍不得自己花钱买了吃。如今罐头实在是很便宜，瓶装的才四五元，和一个半大不小的西瓜等价。生活不是特别困难的人家，买几听罐头吃绝对不算奢侈。当然也不是吃够了，事实上我活到如今没吃过几次罐头。

有时开什么会或参加什么活动吃公饭，饭桌上往往有一盘罐头水果。或梨，或桃，或荔枝，或菠萝什么的。众人离开餐桌时，那一盘罐头水果，又往往并没明显地减少。有人可能吃了一口，有人可能都懒得向那盘中伸筷子或勺子。我属于后一种人。正是在那样的时候，便不禁地浮想联翩起来了。

逢年过节，客人登门，陪衬着些小礼物，总有一两听罐头。客人一走，则就放入冰箱保存。而这一放，也许一两个月甚至更长的时间忘了打开吃。终于某一天清理冰箱时取出来，于是免不了大发指责。指责当然首先是冲妻子的。

"怎么回事？为什么到现在还没吃？以为放在冰箱里就不会坏吗？在冰箱里放久了照样会坏的！这么点起码的常识都不懂吗？放坏了不是一种浪费吗？"

妻子就会说："那你吃啊！快打开吃！吃了就不必再往冰箱里放啦！还省得占地方呢！"

"我吃就我吃！"

话一出口，自己听着也觉得不太对味。仿佛体现着种"见危险就上"的大无畏精神似的。

家庭中出现了危险，勇于舍己的当然应是丈夫应是父亲。可这不是危险啊！这是吃罐头啊！

怎么的，吃罐头对于中国人，竟成了这样的事了呢？仿佛还需要"战前动员"似的。

心里这么想着，就打开了。倒在碗里，自己先吃。有那么点以身作则的意味。

吃了几片，喝了一口汁，觉得和记忆中的罐头的好吃简直没法比。明知自己一个人无论如何是吃不完的，于是分在三个碗里。

"哎，你也得吃！"

这话是对妻子说的。

"还有你，别以为没你的事！"

这话是对儿子说的。

嘴上这么说着，自己听着，越发地觉得不像话了。好像在分派给妻儿极不情愿的"任务"。

妻子说："先放那儿吧！没见我这会儿正忙着清理冰箱吗？"

"一会儿别忘了吃啊！"

与其说是叮嘱，莫如说是威告。

儿子说："我不吃。"

态度是那么地干脆。

"你不吃？凭什么你不吃？"

"爸你这是什么话啊！什么叫凭什么啊！"

"好，算我表达有误。那就不问你凭什么，问你为什么，为什么不吃！"

"不为什么。不想吃而已。"

"不想吃？还……还而已！难道罐头不好吃吗？"

"我也没说不好吃啊！"

"没说不好吃，那就等于承认，罐头其实是一种好吃的东西！好吃的东西而不想吃，就得说出理由来！"

"说理由就说理由，我胃疼。"

"胃疼？撒谎！早不胃疼晚不胃疼，让你吃一小碗罐头就开始胃疼了？胃疼也得吃！吃罐头治胃疼！"

妻子从旁听不下去了，帮儿子解围："你也太专制了吧！儿子已经说了他胃疼，你干吗还非逼他吃凉罐头？你也甭逼他，我替儿子吃！真是的，不就是一小碗罐头吗？"

听那口吻，大有舍身代罚的意味。

不愿惹得妻儿都不愉快，于是不再说什么，默默吃自己那一小碗。

心中不禁地又浮想联翩……

待吃光了自己那一小碗，妻子也关上了清理后的冰箱。

搭讪着说："同志，我已经吃完了，你也得吃完啊！包括儿子的那一份！"

"去去去，别啰唆！我什么时候吃，是我的事，不必你管。"

妻子洗了手，径自看电视去了。

可自己的心思，还在那两小碗罐头内容上。见妻子看电视看得那么专注，一副根本没有"使命感"的模样，于是端了一小碗，凑将过去，尽量以亲爱的口吻说："我替你端来了，一边看一边吃，怎么样？啊？"

妻子吃了两口，起身离开。随在妻身后"监视"着，见她将两碗罐头并为一碗，又放进了冰箱。

于是好言批评："你看你，都打开了，倒出来了，不吃完，仍往冰箱里放，你不是成心要放坏吗？"

"那，我现在吃不下去怎么办？是罪？该杀？"

于是自己一赌气，从冰箱捧出，捧着闷坐一旁，暗暗发誓非吃个一干二净不可。

的确吃了个一干二净。

但是第二天自己的肠胃就闹起病来……

妻子非富家女。全世界的富有人家也并不整天价吃水果罐头，这是谁都知道的。因而妻子不存在是否吃伤的问题。自从她成为我的妻子，似乎只买过几次水果罐头。儿子小时候，我是为他买过几次罐头的。有数的几次，最多不超过五次。他一上到小学，就再也不爱吃水果罐头了。

罐头是西方人发明的。最先是军用食品的一种，后来才普及于市民。水果罐头也只不过是水果保存的方式。在西方，富人当然不吃水果罐头，而吃应季鲜果。水果罐头是大众食品，是专供百姓吃的。

近年来，中国人的生活水平提高得较快。显著的提高体现在吃一方面。市场规律刺激了果农的积极性，所以近年来中国市场上瓜果梨桃供应极为丰富，有时甚至呈现过剩趋势，而且价格一年比一年便宜。即使按照低工资的消费水平比照，中国也几乎是寻常果类售价最便宜的国家。以北京为例，除了荔枝、桂圆、芒果、猕猴桃等南方果类的售价平民百姓轻易不敢问津，苹果、梨、桃、杏、菠萝、葡萄等，通常价几乎与菜蔬相等。自然的，水果罐头便不怎么受待见了。如今，连城里人送礼，也不再考虑水果罐头了。水果罐头的身价一贬再贬，只农村和小乡镇还沿袭着以水果罐头作为礼品相送的人情遗风。据我所知，全国的水果罐头厂，经济效益大都不景气。

在我小的时候，水果罐头却是平民百姓家的孩子稀见之物。

小学六年级，我才知道世界上有水果罐头这一种东西。

当年一名同学正与另几名同学大谈水果罐头如何好吃，我走过去听了一耳朵，只听清了"罐头"二字，便从旁插言道："那谁没吃过？也不像你说的那么好吃呀！"

那同学相讥道："就你们家那么穷，你会吃过罐头？鬼才信哪！"

我比画着说："我当然吃过一次的！不就比月饼大一圈儿吗？很硬很硬的。白面烙的，细嚼怪香的！"

他说："哈！哈！你吹牛吧？那叫罐头吗？那叫'杠头'！'杠头'不过是一种干粮！水果罐头，那是把水果削了皮，剔了核，切成块，放进一个铁罐子里，再加上糖水，然后把铁罐子封上。你吃过的吗？你吃过的吗？"

我说："你才吹牛呢！把水果削了皮，剔了核，切成了块，却不吃，反而要装进铁罐里，还要封上盖，那是干什么嘛！那不是精神病吗？"

于是我们彼此攻击。

另外的同学们，只有一两个见过罐头的，便都站在事实一边，竭力支持他说世上有罐头这一种东西。其余的同学和我一样，不但从未见过，而且从未听说过，就像从未听说过巧克力、麦乳精、乐口福、冰激凌一样，当然盲目而又自信地站在我一边，异口同声地冲着那个吃过罐头的同学嚷："精神病！精神病！"

几天后，在校门外，在刚刚放学的时候，那名吃过罐头的同学和几天前支持过他的同学拦住了我。

他说:"你不是不相信世界上有罐头吗?来,让你见识见识什么是罐头!"

他将我引到一处僻静的地方,从书包里掏出了一听罐头——后来我知道,因他父亲是飞行员,所以他才有幸能吃上罐头。那是一种筒装啤酒一样的铁皮罐头。盖上有环,一拉,盖便彻底翻开……

于是他和那几个支持过他的同学当着我的面轮番喝罐头汁,接着又轮番用手指夹出果块津津有味地吃……

后来他说:"还有呢!"——示意他们中个子最高的同学,将罐头放在了人家院门的柱顶上。

望着他们走远,我扬头看那"高高在上"的罐头。我心里对自己说,你可要有点志气,脚步却不由自主地走了过去。我踮起脚跟、伸长一只手臂,却怎么也够不到柱子顶上那听罐头。但同学们喝时吃时故意做出的夸张表情,惹得我真馋啊!我四下里找了几块碎砖头,摞起来,一只脚站上去才将那罐头够在手里。偏巧那人家里有人出屋,在院里大喝一声:"干什么?!"我一慌,摔了个屁蹲。手里仍拿着那听罐头……

院子里的人并没出院子,又回到屋里去了。我站起来,低头看罐头,见里面其实空空如也。当然很沮丧,但也非常不甘心,我举起空罐头筒子仰起头张大嘴耐心地承接着。许久,终于有一滴特别甜特别甜的汁滴落口中。

那是我长到十三四岁从未品咂过的一种甜。它仿佛将我的嘴都甜得"麻木"了,仿佛在我胃里顿时溶解为一片,并经由胃渐渐渗入我周身的血管里。好比世界上一块含糖量最高的冰糖渐渐溶解在一杯凉水里一样……

如今回想起来,用"天上甘露"来形容绝不算夸张。

忽然我听到一阵大笑。一转身，见一堵墙后，闪现出那几个同学们的身影。

我羞愧难当，丢了空罐头筒，拔腿便跑……

从那以后，"罐头"两个字，便深深地印在了我脑海里。

我开始常在梦中梦见罐头，如常在梦中梦见新书包……

老百姓家的孩子，只有在生病时，才可能吃到自己很馋而平时又吃不到的东西。比如煎鸡蛋、面条、一个苹果一个梨什么的……

我因馋罐头而巴望自己生一场大病。

不久我真的病了。不过不是什么大病，是由于中耳炎引起的高烧。

老百姓家的母亲们，在这种时候问病了的小儿女们的话照例是——"孩子，想吃点什么呀？"

我鼓足勇气，犹犹豫豫地说："妈，我想吃罐头。"

母亲愣了愣，问站在一旁的哥哥："他说他想吃什么？"

哥哥替我回答了一遍："妈，二弟说他想吃罐头。"

母亲又是一阵发愣，之后将哥哥扯到外间屋去。

我听到母亲在外间屋悄声说："这老二，想吃什么不好，怎么偏偏想起吃罐头来了呢？他从哪儿听说罐头好吃的呢？以为咱们是什么人家了啊！"

而哥哥悄声说："妈，就给我二弟买听罐头吃吧。吃罐头有利于降烧呢！"

母亲低声训斥："住嘴，别胡说！"片刻后又问："一听罐头得多少钱？"

哥哥说一听罐头九角多。

"九角多？那么贵？够三四天的菜钱了！你就说哪哪儿都没买到罐头，给你二弟买两支冰棍就行了。冰棍更有利于降烧……"

接着，母亲回到里间屋，俯下身，充满爱意地注视着我说："我让你哥给你买罐头去了！"

我羞愧地说："妈，其实我也不怎么想吃罐头，随口说说的，你别那么当真。"

母亲却说："一听罐头，妈还是舍得买给你吃的……"

母亲离开后，弟弟妹妹们围了过来，一个个咽着口水问，罐头究竟是种什么东西？怎么个好吃法？

而我，不禁地就流泪了——因自己的过分高的要求，也因母亲那份兑现不起的母爱……

第二年，父亲从大西北回来探家了。我从他的背包翻出了两个"赤身裸体"、没有任何商标纸包装的铁皮罐。眼睛一亮，心想那必是罐头无疑了。一问父亲，果然是。父亲说，那是他用一双劳保鞋和几双劳保手套在列车上与人换的，说为的是春节饭桌上能多道稀罕的菜。我问里边是什么，父亲说他也不知道。我说你与人交换时怎么不问问啊？父亲说，列车上许多人都争着用不能吃的东西换能吃的东西，自己挤上前换到手就谢天谢地了，哪儿还顾得上问啊！

"三十儿"晚上，父亲亲自开罐头。父亲不慎将手指划了个大口子，流血不止。母亲替父亲包扎手指之际，我将两听罐头分别倒在两个盘子里……

第一个盘子里出现的是没削皮的大红萝卜块，第二个盘子里出现的也是同样的东西。由于做罐头的铁皮不过关，由于过期，倒出的汁水浮着一层铁锈，变质的红萝卜块发出一股怪味。

它们根本就不能吃了……

我下乡后，连队的小卖部就有罐头卖。但我哪里舍得买了吃呢？"够三四天的菜钱了！"看见罐头，母亲当年的话便在我耳边响起。我宁愿自己永远也不吃罐头，为在城市里过贫穷日子的母亲和弟弟妹妹省下三四天菜钱……

　　但是我当班长时，班里的战士病了，我每每为他们买罐头。连队小卖部里除了罐头，也再无别的什么好吃的东西可买……

　　当小学教员时，学生病了，我也为学生们买过罐头……

　　每次探家，我去精神病院探视考上了大学而又因家境贫困读不起大学而精神失常的哥哥，总是要拎上几听罐头……

　　怀着感激去到那些帮助过我家以及帮助过我的好心人家里做礼节性的走动时，罐头往往也是必买的东西之一……

　　一九七四年我接到大学录取通知书后，回老连队去向知青战友们告别。他们在大宿舍里为我"饯行"。几只饭盒摆在一起时，有一个战友看一看说："怎么觉得少点什么呢？哎，你们看还少点什么？"

　　我一言不发，默默起身去了小卖部，将每种罐头都买了一听。

　　那一年我二十四岁。第一次吃罐头，而且是吃自己买的罐头。我只象征性地吃了几口，不知为什么，竟没感到特别好吃……

　　大学毕业五年后，我成家了。我的工资五十元多一点点，妻的工资高我几元。有了儿子后，开销增加了，我们必得"勤俭持家"。

　　于是我在夏季西红柿便宜时，向邻居们学做西红柿"罐头"。那是"土法上马"的"制作"。做法说麻烦也麻烦，说简单也简单——将些葡萄糖瓶子水煮消毒，将西红柿洗净，切成条，由瓶口塞入瓶中，再加入糖醋，然后放在蒸锅里蒸。最后塞严橡皮瓶塞，再用塑料薄膜扎紧瓶口，摆放在阴凉处即可……

　　有一年夏季我做了二十几瓶。冬季吃不了，送给别人家，甚至也送给岳父母家。接受的人享用后，都说很好吃……

　　然而我却极少吃自己亲手做的罐头。天生吃不来一切罐头化了的水果或其他食品。在这一点上，我这个贫穷之家出身的人，又似乎显得太矫情了。

可当年落入口中的那一滴罐头汁，为什么就特别特别的甘甜呢？个中缘由，我没细想过，自己也说不太清。

如今，在任何一家副食商店，罐头的专柜，大抵琳琅满目。品种之多，包装之美，非常吸引人的目光。

我喜欢站在罐头专柜前欣赏地看，但绝不会买。

有时，竟会由欣赏而陷入浪漫的遐想，希望自己是一位神仙，口中暗念咒语，轻轻一挥手，将全中国大小商店里的、仓库里的，以及大小罐头厂里正在生产着的各种各样的罐头，全靠意念搬运到许多偏远农村的贫穷农家里去……

母亲播种过什么

预感竟是真的有过的。似乎父亲和母亲逝前,总是会传达给我一些心灵的讯息。

十月中旬,我和毕淑敏见过一面。她告诉我她在师大进修心理学,我便向她请教——我说今年以来,无论白天还是夜晚,无论睡着还是醒着,我眼前常有这样一幅画面移动着——在冬季,在北方小村外的雪路上,一只羊拉着一架爬犁,谨慎又从容地向村里走着。爬犁上是一桶井水,不时微少地荡出,在桶外和爬犁上结了一层晶莹的冰。爬犁后同样步态谨慎而又从容地跟随着一位少女,扎红头巾,脸蛋亦冻得通红,袖着双手。而漫天飘着清冽的小雪花……

并且,我向毕淑敏强调,此电影似的画面,绝非我从任何一本书中读到过的情节,也绝非我头脑中产生的构思片段。事实上一年多以来,尽管此画面一次比一次清晰地向我浮现,但我却从未打算将这画面用文字写出来……

毕淑敏沉吟片刻,答出一句话令我暗讶不已。

她说:"你不妨问问你母亲。"

我母亲属羊。母亲的母亲也属羊。而这都是毕淑敏所不知道的。

而母亲于昏迷中入院的第二天,哈尔滨降下了入冬的第一场雪……

我的思想是相当唯物的。但受情感的左右,难免也会变得有点唯心起来——莫非母亲的母亲,注定了要在这一年的冬季,将她的女儿领走?我没见过外祖母。但知外祖母去世时,母亲尚是少女……

那么那一桶清澈的井水意味些什么呢?

在医院里,在母亲的病床前,以及在母亲出殡的过程中,我见到了母亲的一些干儿女。

我早知母亲有些干儿女。究竟有多少,并不很清楚。凡三十余年间,有的见过几面,有的竟不曾见过。但我清楚,在漫长的三十余年间,他们对母亲怀着很深很深的感情。

他们当年皆是我弟弟那一辈的小青年。

话说当年,指的是"上山下乡"运动开始以后。许多家庭的长子长女和次子次女,和我以及我的三弟一样,都恋恋不舍地告别了家庭和城市。城市中留下的大抵是各个家庭的小儿女,年龄在十六七岁和十八九岁之间。那个年代,这些平民家庭的小儿女啊,似些孤独的羔羊,面对今天这样明天那样的政治风云,彷徨、迷惘、无奈,亲情失落不知所依。他们中,有人当年便是丧父或失母的小儿女。

既都是平民家的小儿女,所分配的工作也就注定了不能与愿望相符。或做街头小食杂店的售货员,或做挖管道沟的临时工,或在生产环境破败的什么小厂里做学徒……

某一年夏天,是知青的我回哈探家,曾去酱油厂看过我四弟的劳动情形。斯时他们几名小工友,刚刚挥板锹完几吨酱渣,一个个只着短裤,通体大汗淋漓,坐在车间的窗台上,任穿堂凉风阵阵扑吹,唱印度电影《流浪者》中的"拉兹之歌":

>我和任何人都没来往，都没来往，
>活在人间举目无亲……
>命运啊，我的命运啊，
>我的星辰，请回答我，
>为什么这样残酷作弄我……

他们心中的苦闷种种，是不愿对自己的家庭成员吐诉的。但是这些城市中的小儿女，又是多么需要一个耐心倾听他们吐诉的人啊！那倾听者，不仅应有耐心，还应有充满心间的爱心。还应在他们渴望安慰和体恤之时，善于安慰，善于劝解，并且，由衷地予以体恤……

于是，他们后来都非常信赖也不无庆幸地选择了母亲。

于是，母亲也就以她母性的本能，义不容辞地将他们庇护在自己身边。像一只母鸡展开翅膀，不管自家的小鸡抑或别人家的小鸡，只要投奔过来，便一概地遮拢翅下……

那些城市中的小儿女啊，当年他们并没有什么可回报母亲的。只不过在年节或母亲生病时，拎上一包寻常点心或两瓶廉价罐头聚于贫寒的我家看望母亲。再就是，改叫"大娘"为叫"妈"了。有时混着叫，刚叫过"大娘"，紧接着又叫"妈"。与点心和罐头相比，一声"妈"，倒显得格外的凝重了。

既被叫"妈"，母亲自然便于母性的本能而外，心生出一份油然的责任感。母亲关心他们的许多方面——在单位和领导和工友的关系；在家中是否与亲人温馨相处；怎样珍惜友情，如何处理爱情；须恪守什么样的做人原则，交友应防哪些失误……

母亲以她一名普通家庭妇女善良宽厚的本色，经常像叮咛自己的亲儿女一样，叮咛她的干儿女们不学坏人做坏事，要学好人做好事。

此世间亲情，竟延续了三十年之久。我曾很不以为然过，但母亲对我的不以为然也同样不以为然。她不与我争辩，以一种心理非常满足的、默默的矜持，表明她所一贯主张的做人态度。直至她去世前三天，还希望能为她的一个干女儿和一个干儿子促成一次大媒……

而他们，一个帮着四弟将母亲送入医院，一个一小时后便闻讯匆匆赶到医院，三十几个小时不曾回家，不曾离开过医院！

母亲逝后，她的干儿女们都纷纷来到了弟弟家。我说："不必在家中设灵位了吧！"他们说："要设。"我说："不必非轮守四十八小时灵了吧！"他们说："要守。"

这些三十年前的城市平民家庭的小儿女啊，三十年前是小徒工们，如今仍是工人们。只不过，有的"下岗"了；只不过，都做了父母了。

他们都是些沉默寡言之人。

我离开哈市时，仍分不清他们中几个人的名字。他们不与我多说什么。甚至根本就不主动与我说话。他们完完全全是冲他们与母亲之间那一种三十年之久的亲情，而为母亲守灵，为母亲烧纸，为母亲送丧的。

三十年间，我下乡七年，上大学三年，居京二十年，我曾给予母亲的愉快时日，比他们给予的少得多。

回到北京，我常默想，从今后，我定当以胞弟胞妹视待他们和她们啊！

至于我自己的几名中学挚友与母亲之间的亲情，比三十年更长久，从我初一时就开始了。那是世间另一种亲情，心感受之，欲说还休。

每独坐呆想，似乎有了一种答案——那时时浮现过我眼前的画面中那一桶清澈的井水，是否便意味着是人世间的一种温馨亲情呢？母亲的母亲，给予在母亲心里了。而母亲只不过从内心里荡出了一些，便获得了多么长久又多么足以感到欣慰的回报啊！这么想很唯心，但请不要责怪儿子的痴思。

愿此亲情在我们中国老百姓间代代相传。

没了它，意味着是我们普通人的人生多么大的损失啊！

母亲我爱您。

母亲安息吧……

父亲的荣与辱

我的父亲是新中国第一代建筑工人。

我上小学前见到他的时候是不多的——他大部分日子不是家里的一口人,而是东北三省各建筑工地上的一名工人。东三省是新中国之重工业基地,建筑工人是"先遣军"。

那时的我便渐渐习惯了有父亲却不常见到父亲的童年。

我上小学二年级那一年,父亲所在的建筑工程公司支援大三线建设去了,父亲报名随往。去与不去是自愿的,父亲愿去。作为新中国第一代建筑工人,他觉得能在国家需要时积极响应号召,是无上之光荣。

父亲远赴外省之前,母亲与他几次发生口角——因为水泥。

当年的哈尔滨,除了道里、道外、南岗三处市中心区,大多数居民社区其实没有什么明显的城市特征可言,多是一片片的泥草房,即黄泥脱坯所建,稻草为顶的一类房子。长江以北的中国农村,家家户户住的基本是那类房屋。而住在哈尔滨市那类房屋内的,大抵是一九四九年以前"闯关东"的农民——我的父亲也是。他们没钱在市中心买砖房,城市也没能力解决他们的住房问题。他们只能自己动手解决，并且，也是买不起水泥和砖瓦的。所以，只得在经允许的地段自盖那类泥草房，形成了一片片当年的城中村。

那类房屋，每年都须用黄泥抹一层外墙。因为经过一年的风吹雨打，起先的一层黄泥处处剥落，土坯墙体暴露出裂缝，如不再补一层泥，冬季必然挨冻。俗话说，"针尖大的缝隙斗大的风"啊。

为使黄泥不易剥落，人们想出了多种多样的和泥之法。普遍的经验，是将草绳头、破袋子、草帘子拆开，剪为等长的干草截搅入泥里——那个年代，除了市中心，农村进城的马车几乎随时随地可见，城里人只要留意，草绳破草袋子草帘子也几乎处处可以捡到。甚至，这一户城里人家可以向那一户城里人家借到铡刀。足见，某些所谓城里人家"城市化"的历史有多么短。他们转变身份之前，即将某些农具带入城里了，预见必会有用，也将完整的农村生活习惯带入了城里，如养鸡鸭，养猪。少数人家，虽已入城市户籍，却无工作，靠围一块地方养奶牛卖牛奶为生。像在农村时那样，以土坯盖房屋，以泥草维修房屋，对于他们是轻车熟路之事。对于我的父亲也是。

然而成为城里人后，毕竟会学到新的经验以使干后的墙泥结实——将炉灰拌入泥中，便是很城市化的法子。但一户人家烧一冬季的煤，其实煤灰多不到哪儿去，即使挺多也没处堆放，用时还需筛细，挺麻烦。所以，此法往往只在和泥抹内墙、炕面、窗台或锅台时才用。在当年，筛细的炉灰对于寻常百姓人家便如同水泥了。

记得有一年，一座炼铁厂搬迁了，引得许多人家的老人女人和孩子纷纷出动，带着破盆、破筐，推着小车争先恐后地前往。去干什么呢？

原来铁厂的某处地方，遗留下了厚厚一层铁锈——聪明的人不约而同地想到，将铁锈和到泥里，干后的泥面一定不容易裂，大约也比较能经得住水湿。事实果然如此，并且泥面呈褐色，也算美观。

我家住的虽然是当年的俄国难民遗留的小房屋，已有三十几年历史了，地基下沉，门窗歪斜，早已失去了原貌，比刚住几年的草坯房差多了。父亲早已开始用黄泥维修了。

某年父亲和泥抹房子时，母亲又一边帮他一边唠叨不休："说过几次了，让你从工地上带回来点水泥，怎么就那么难？"

父亲那时每每板起脸训母亲："再说多少次也白说！从工地上带回来点？说得好听，那不等于偷吗？水泥是建筑行业的宝贵物资，而我是谁……"

母亲也每每顶他："说来听听，你是谁？你不就是十七岁闯关东过来的山东农民的儿子梁秉奎吗？"

父亲则又不高兴又蛮自豪地说："不错，那是从前的我，现在的我是中国第一代建筑工人，中国领导阶级的一员！休想要我往家里带公家的东西，你那是怂恿我犯错误，有你这么当老婆的吗？"

"抹抹窗台、锅台、炕沿，那才能用多少水泥？怎么话一到你嘴里，听起来就是歪理了呢？"——母亲光火了。

"我把咱家的窗台、锅台、炕沿用水泥抹得光溜溜的了，别人一眼不就看出来了吗？你当别人都是傻子？如果谁一封信揭发到我们单位去，班长我还当得成吗？"——父亲也光火了。

"那就不当！不当又怎么了？我问你，那么个小破班长，不当又怎么了？"

母亲则将铁锹往泥堆上一插，赌气不帮他了。

为了修房屋时能否有点水泥，父母之间不止发生过一次口角。

当年我的立场是站在母亲一边的。我讨厌窗台、锅台、炕沿经常掉泥片的情形。依我想来，就是一次带回家一饭盒水泥，几次带回家的水泥，也够将我们的小家很主要的地方抹得美观一点了。当年我也挺轻蔑父亲将自己是一名建筑工地上的工人班长太当回事的心理。在这点上，我的一辈子与父亲的一辈子完全不同。父亲当他的班长一直当到"文革"开始那一年，以后不再是班长了，似乎是他心口永远的"痛"。而我这一辈子，从没在乎过当什么。不管当过什么，随时都可以平静面对被"免去"的结果——只要还允许我写作。而今，连是否"允许"我继续写作都不在乎了。快七十岁的人了，爬格子爬了大半辈子了，一旦不"允许"了，不写就是了。

父亲去往大西南的前一天晚上，母亲又与他闹得很不愉快，还是因为水泥。

母亲一边替他收拾东西一边嘟哝："说走就走，一走还去往那么老远的省份，把这么个破家丢给我和孩子，叫我们往后怎么办？你看这炕沿、窗台，还有外屋那……"

父亲打断道："还有外屋那锅台是不是？你就别叨叨了，饶了我行不行？我还是那句话，占公家便宜的事我肯定不干，因为我是领导阶级一员，领导阶级得有领导阶级的样子！"

父母之间的不快，使父亲与我们临别前那一个晚上的家庭气氛沉闷又别扭。

我上初一那一年夏季，父亲自四川归来。他这一次探家历时六日，先要从大山里搭上顺路卡车到乐山，再从乐山乘长途公交至成都，而后乘列车至北京，从北京至哈尔滨。当年直达车每日一次，没赶上的话，只得等到第二天。如果还没买到票，还得再等一日。直达的票极难买到，父亲便索性一段段向北方转乘。因为根本无法确定到哈时间，父亲就没拍电报要家人去接他。

他是很突然地进入家门的，在晚饭后那会儿。当时家中有位邻居大婶与母亲唠嗑，不唯那大婶，母亲和我们几个儿女也讶然不已。他带回了太多东西，肩挎一截粗竹筒，一手拎一只大旅行袋，还背着一只不小的竹编背篓，很沉。我和哥哥帮他放下背篓，见他的蓝工作服后背一片白，像是被面粉搞的。母亲用扫炕笤帚替他扫时，邻居大婶惊诧地说："哎呀妈呀，你家梁大哥太顾家了，还从四川那么远的地方往家里带东西啊！四川不是出水稻不出麦子的省份吗？"

父亲无言地笑笑，没解释什么。

等邻居大婶走了，父亲才说，背篓里那两个布袋子装的不是面，而是白灰和水泥。

母亲心疼地说："你中魔了？那是非往家带不可的东西吗？"

父亲说："是啊，我要了你的心愿，用水泥把咱家窗台、锅台、炕沿抹得光光溜溜的，再把咱家屋刷得白白的，也让你见识见识中国第一代建筑工人干活的质量标准！"

母亲愣愣地看了父亲片刻，一转身，双手捂面无声而泣。

我们的家在父亲连续几天的劳累之下旧貌换新颜了。粗竹筒里装的是十来份奖状，都是晚报展开那么大幅的。花钱仔细得要命的父亲，居然舍得花钱买了十来个相框。当十来份奖状镶入框中，分两排挂在迎门墙上后，简直可以说很壮观，使我们的家蓬荜生辉了。

片警小龚叔叔来家里看父亲，而父亲去工友家尽自己的探家义务去了。小龚叔叔扫视两排奖状，正了正警帽，庄重地敬了个礼说："向支援大三线建设的建筑工人致敬！"

母亲将小龚叔叔的敬意告诉了父亲后，父亲红着脸笑了，笑得满脸灿烂辉煌……

心灵的花园

谁不希望拥有一个小小花园？哪怕是一丈之地呢！若有，当代人定会以木栅围起。那木栅，我想也定会以个人的条件和意愿，摆弄得尽可能美观。然后在春季撒下花种，或者移栽花秧。于是，企盼着自己喜爱的花，日日地生长、吐蕾，在夏季里姹紫嫣红开成一片。虽在秋季里凋零却并不忧伤。仔细收下了花籽，待来年再种，相信花能开得更美……

真的，谁不曾怀有过这样的梦想呢？

都市寸土千金，地价炒得越来越高。拥有一个小小花园的希望，对寻常之辈不啻是一种奢望，一种梦想。

我想，其实谁都有一个小小花园，谁都是有苗圃之地的，这便是我们的内心世界。人的智力需要开发，人的内心世界也是需要开发的。人和动物的区别，除了众所周知的诸多方面，恐怕还在于人有内心世界。心不过是人的一个重要脏器，而内心世界是一种景观，它是由外部世界不断地作用于内心渐渐形成的。每个人都无比关注自己及至亲至爱之人心脏的健损，以至于稍有微疾便惶惶不可终日。但并非每个人都关注自己及至亲至爱之人的内心世界的阴晴，已所无视，遑论他人？

我常"侍弄"我心灵的苗圃。身已不健，心倘尤殢，又岂能活得好些？职业的缘故，使我惯对自己和他人的心灵予以研究。结论是——心灵，亦即我所言内心世界，是与人的身体健康同样重要的。故保健专家和学者们开口必言的一句话，不仅仅是"身体健康"，而且是"身心健康"。

我爱我的儿子梁爽。他小学五年级。这正是一个人的内心世界开始形成的年龄。我也常教他学会如何"侍弄"他那小小心灵的苗圃。"侍弄"这个词，用在此处是很勉强的，不那么贴切，姑且借用之吧！意思无非是——人自己的内心世界如果自己惰于拂拭，是会浮尘厚积、杂草丛生的。也许有人联系到禅家的一桩"公案"——"时时勤拂拭，勿使惹尘埃"之说的"俗"和"本来无一物，何处惹尘埃"之说的"彻悟"。

我系俗人，仅能以俗人的观念和方式教子。现代人中，我不曾结识过一个内心完全"虚空"的。满口"虚空"，实际上内心物欲充盈、名利不忘的，倒是大有人在。故我对儿子首先的教诲是——人的内心世界，或言人的心灵，大概是最容易招惹尘埃、沾染污垢的，"时时勤拂拭"也无济于事。心灵的清洁卫生只能是相对的，好比人的居处的清洁卫生只能是相对的。而根本不拂拭，甚至不高兴别人指出尘埃和污垢，则是大不可取的态度，好比病人讳疾忌医。

一次儿子放学回到家里，进屋就说："爸爸，今天同学的红领巾被老师收去了！"

我问为什么。

儿子回答："犯错误了呗！把老师气坏了！"

那同学是他好朋友，但却有些日子不到家里来玩了。我依稀记得他讲过，似乎老师要在他们两者之间选拔一名班干部。

我又问："你高兴？"

他怔怔地瞪着我。

我将他召至跟前，推心置腹地问："跟爸爸说实话，你是不是因此而高兴？"

他便诚实地回答："有点。"

我说："你学过一个词，叫'幸灾乐祸'，你能正确解释这个词吗？"

他说："别人遭到灾祸时自己心里高兴。"

我说："对。当然，红领巾被老师收去了，还算不得什么灾。但是，你心里已有了这种'幸灾乐祸'的根苗，那么你哪一天听说他生病了、住院了，甚至生命有危险了，说不定你内心里也会暗暗地高兴。"

儿子的目光告诉我，他不相信自己会那样。

我又说："为什么他的红领巾被老师收去了，你会高兴呢？让爸爸替你分析分析，你想一想对不对？——如果你们老师并不打算在你们两个之间选拔一名班干部，你倒未必幸灾乐祸。如果你心里清楚，老师最终选拔的肯定是你，你也未必幸灾乐祸。你之所以幸灾乐祸，是因为自己感到，他和你被选拔的可能性是相等的，甚至他被选拔的可能性更大些。于是你才因为他犯了错误，惹老师生气了而高兴。你觉得，这么一来，他被选拔的可能性缩小，你自己被选拔的可能性就增大了。你内心里这一种幸灾乐祸的想法，完全是由嫉妒产生的。你看，嫉妒心理多丑恶呀，它竟使人对朋友也幸灾乐祸！"

儿子低下了头。

我接着说："如果他并没犯错误，而老师最终选拔他当了班干部，你现在幸灾乐祸，就可能变成一种内心里的愤恨了。那就叫嫉妒的愤恨。人心里一旦怀有这一种嫉妒的愤恨，就会进一步干出不计后果、危害别人、危害社会的事，最后就只有自食恶果。一切怀有嫉妒的愤恨的人,最终只有那样一个下场……"

接着我给他讲了两件事——有两个女孩,她们原本是好朋友,又都是从小学芭蕾的。一次,老师要从她们两人中间选一个主角。其中一个,认为肯定是自己,应该是自己,可老师偏偏选了另一个。于是,她就在演出的头一天晚上,将她好朋友的舞裙,剪成了一片片。另外有两个女孩,是一对小杂技演员。一个是"尖子",也就是被托举起来的。另一个是"底座",也就是将对方托举起来的。她们的演出几乎场场获得热烈的掌声。可那个"底座"不知为什么,内心里怀上了嫉妒,总是莫名其妙地觉得,掌声是为"尖子"一个人鼓的。她觉得不公平。日复一日地,那一种暗暗的嫉妒,就变成了嫉妒的愤恨。她总是盼望着她的"尖子"出点什么不幸才好。终于有一天,她故意失手,制造了一场不幸,使她的"尖子"在演出时当场摔成重伤……

最后我对儿子讲,如果那两个因嫉妒而干伤害别人之事的女孩,不是小孩是大人,那么她们的行为就是犯罪行为了……

儿子问:"大人也嫉妒吗?"

我说大人尤其嫉妒。一旦嫉妒起来尤其厉害,甚至会因嫉妒杀人放火干种种坏事。也有因嫉妒太久,又没机会对被嫉妒的人下手而自杀的……

我说,凡那样的大人,皆因从小的时候开始,就让嫉妒这颗种子,在心灵里深深扎了根。他们的内心世界,不是花园,不是苗圃,而是荆棘密布的乱石岗……

儿子问:"爸爸你也嫉妒过吗?"

我说我当然也嫉妒过,直到现在还时常嫉妒比自己幸运比自己优越比自己强的人。我说人嫉妒人是没有办法的事。从伟大的人到普通的人,都有嫉妒之心。没产生过嫉妒心的人是根本没有的。

儿子问:"那怎么办呢?"

我说，第一，要明白嫉妒是丑恶的，是邪恶的。嫉妒和羡慕还不一样。羡慕一般不产生危害性，而嫉妒是对他人和社会具有危害性和危险性的。第二，要明白，不可能一切所谓好事、好的机会，都会理所当然地降临在你自己头上。当降临在别人头上时，你应对自己说，我的机会和幸运可能在下一次。而且，有些事情并不重要。比如对于一个小学生来说，当不当上班干部，并不说明什么。好好学习，才是首要的……

儿子虽然只有十几岁，但我经常同他谈心灵。不是什么谈心，而是谈心灵问题。谈嫉妒、谈仇恨、谈自卑、谈虚荣、谈善良、谈友情、谈正直、谈宽容……

不要以为那都是些大人们的话题。十几岁的孩子能懂这些方面的道理了，该懂了。而且，从我儿子，我认为，他们也很希望懂。我认为，这一切和人的内心世界有关的现象，将来也必和一个人的幸福与否有关。我愿我的儿子将来幸福，所以我提前告诉他这些……

邻居们都很喜欢我的儿子，认为他是个"懂事"的好孩子。同学们跟他也都很友好，觉得和他在一起高兴、愉快。

我因此而高兴，而愉快。

我知道，一个心灵的小花园，"侍弄"得开始美好起来了……

 二　花儿与少年

飘扬起你青春的旗

青春是短暂的。

当我们"分解"任何一个男人或女人的人生时，便尤见青春之短暂了。

从一岁到六岁，人牙牙学语，跟跄学步，处在如小猫小狗的孩提时期。除了最基本的饮食需要，再有一种需要那就是爱了，而且多多益善。孩提时期的人还不太懂得爱别人，无论对别人包括对爸爸妈妈表现出多么强烈的"爱"，也只不过是最本能的依恋，所需要的爱也只不过是关怀与呵护。

人生的每一阶段都有着近乎天然的诗性成分。

孩提时期的诗性成分乃是人性的单纯。

一个孩子酣睡在母亲怀里的情形是特别美特别动人的情形；他或她被父亲扛在肩头时的笑脸，是人类最烂漫的笑脸。

一个孩子所依恋的首先还不是父母，而是父爱与母爱。如果一个孩子失去了双亲，倘有另一个女人真能像慈母一样地爱这孩子，那么不久这孩子在她的怀里也会睡得像在最安全的摇篮中一样踏实；倘有一个男人真能像慈父般爱这孩子，并且也喜欢将这孩子扛在肩头上，那么这孩子脸上也会绽出同样快活的笑容。

孩子用本能感觉别人对他或她爱的程度。几乎纯粹是本能，不加入什么理性的判断。但孩子的本能也往往是极其细微的。某些孩子很善于从大人的表情、大人的眼里看出爱的真伪。这也几乎是本能，不是后天的经验。

在《悲惨世界》中，小女孩珂赛特夜晚到林中去拎水时第一次遇到了冉·阿让——他说："我的孩子，你提的这东西，对你来说，太重了一点吧。"——于是替她拎着那桶水……

书中接着写道："那人走得相当快。珂赛特却也不难跟上他。她已经不再感到累了。她不时抬起眼睛，望着那人，显出一种无可言喻的宁静和信赖的神情。她感到她心里有种东西，仿佛是飞向天空的希望和欢乐……"

珂赛特当时的心情，正是我所言——人性在孩提阶段所体现出的那一种又本能又单纯的诗性啊。

珂赛特当时八岁，倘她是今天中国城市人家的一个孩子，那么她已经该上小学二年级了。

小学时期人有整整六年可度。

小学这一人生阶段的诗性体现在人开始懂得爱别人了。"懂得"这个词不太准确，实际上人心开始就生出对别人的爱来。小学生望着他或她所感激的人，目光中往往充满着柔情。这时一名小学生的眼睛，无论是男孩的或女孩的，都是会说话的眼睛。"眼睛是心灵的窗户"——我认为这一点是从小学时期开始的。

中学时期人已是少男少女了。人生处在花季的第一个节气。这时人生的诗性无须赘言，但这时的人生还不是"青春"。因为这时的人生还缺少青春最本质的特征，那就是生命饱满外溢的活力。

到了高中，人开始形成自己相当独立的思想了。人心里开始萌生出不同于以往的爱意了。这爱意已不再是对别人给予自己的关怀和呵护的回报了，而体现为主动的对异性的暗怀其情的爱慕了。也有爱得缠绵难分的情况，但大抵是暗怀其情。此时人生进入青春期的第一个节气，正如惊蛰之于四月。但高中是通向大学的最后阶梯。但凡是个初谙世事的儿女，都不敢松懈学业上的努力。在中国，尤其在城市，这是人生最诗意盎然的阶段，其实最乏诗意可言。整整三年的埋头苦读，或者考上了大学，或者遗憾落榜。

此时，当年的孩子十八九岁了。

考上了大学的，自我补偿式地品咂青春。而一到了大三大四，便又为毕业后的人生去向而时时迷惘、惶惑；遗憾落榜的，则难免陷入悲观。

青春有了另外的许多负重感。

如此"分解"起来，看得分明——青春从十八九岁开始，一直到一个人组成家庭的时候结束。

有些人做了丈夫或妻子，心理仍然处在六月般美好的青春期。他们青春期的诗性延续到了婚后。他们是幸福的，也是幸运的。但大多数人未必如此幸运。因为做丈夫或做妻子的角色责任、角色义务，因为家庭生活的诸多常规内容，制约着人惜别青春，服从角色的要求……

所以许多中年人回眸人生，常喟叹青春短暂。而这也正是我的人生体会。

我将青春短暂这一个事实告诉青年朋友们，当然不是想使青年朋友们对人生产生沮丧。恰恰相反，青春既然那么短暂，处在青春阶段的人，就应善待青春！珍惜青春！

而我最终想说的是——

人啊，如果你正处在青春时期，无论什么样的挫折，无论什么样的失落，无论什么样的不公平，都不要让它损害或玷污了你的青春！

青春应该经得起失恋……

青春应该经得起一无所有……

青春应该经得起社会对人生的抛掷……

青春应该经得起别人的白眼和轻蔑……

因为，人在生命充盈着饱满外溢的活力的情况之下都经不起的事，在生命的另外时期就更难经得起了……

第一支钢笔

它是黑色的，笔身粗大，外观笨拙。全裸的笔尖、旋拧的笔帽。胶皮笔囊内没有夹管，吸墨水时，捏一下，缓慢鼓起。墨水吸得太足，写字常常"呕吐"，弄脏纸和手。我使用它，已经二十多年了。笔尖劈过，断过，被我磨齐了，也磨短了。笔道很粗，写一个笔画多的字，大稿纸的两个格子也容不下。已不能再用它写作，只能写便笺或信封。

它是我使用的第一支钢笔，母亲给我买的。那一年，我升入小学五年级。学校规定，每星期有两堂钢笔字课。某些作业，要求学生必须用钢笔完成。全班每一个同学，都有了一支崭新的钢笔。有的同学甚至有两支。我却没有钢笔可用，连支旧的也没有。我只有蘸水钢笔，每次完成钢笔作业，右手总被墨水染蓝。染蓝了的手又将作业本弄脏。我常因此而感到委屈，做梦都想得到一支崭新的钢笔。

一天，我终于哭闹起来，折断了那支蘸水笔，逼着母亲非立刻给我买一支吸水笔不可。

母亲对我说："孩子，妈妈不是答应过你，等你爸爸寄回钱来，一定给你买支吸水笔吗？"

我不停地哭闹，喊叫："不，不，我今天就要。你去给我借钱买。"

母亲叹了口气，为难地说："你这孩子，真不懂事。这月买粮的钱，是向邻居借的；交房费的钱，也是向邻居借的；给你妹妹看病，还是向邻居借的钱。为了今天给你买一支吸水笔，你就非逼着妈妈再去向邻居借钱吗？叫妈妈怎么张得开口啊？"

我却不管母亲好不好意思再向邻居张口借钱，哭闹得更凶。母亲心烦了，打了我两巴掌。我赌气哭着跑出了家门……

那天下雨，我在雨中游荡了大半日不回家，衣服淋湿了，头脑也淋得平静了，心中不免后悔自责起来。是啊，家里生活困难，仅靠在外地工作的父亲每月寄回几十元钱过日子，母亲不得不经常向邻居开口借钱。母亲是个很顾脸面的人，每次向邻居家借钱，都需鼓起一番勇气。

我怎么能为了买一支吸水笔，就那样为难母亲呢？我觉得自己真是太对不起母亲了。

于是我产生了一个念头，要靠自己挣钱买一支钢笔。这个念头一产生，我就冒雨朝火车站走去。火车站附近有座坡度很陡的桥，一些大孩子常等在坡下，帮拉货的手推车夫们推上坡，可讨得五分钱或一角钱。

我走到那座大桥下，等待许久，不见有推车来。雨越下越大，我只好站到一棵树下躲雨。雨点噼噼啪啪地抽打着肥大的杨树叶，冲刷着马路。马路上不见一个行人的影子，只有公共汽车偶尔驶来驶去。几根电线杆子远处，就迷迷蒙蒙地看不清楚什么了。

我正感到沮丧，想离开，雨又太大，等下去，肚子又饿，忽然发现了一辆手推车，装载着几层高高的木箱子，遮盖着雨布。拉车人在大雨中缓慢地、一步步地朝这里拉来。看得出，那人拉得非常吃力，腰弯得很低，上身几乎俯得与地面平行了，两条裤腿都挽到膝盖以上，双臂拼力压住车把，每迈一步，似乎都使出了浑身的劲。那人没穿雨衣，头上戴顶草帽。由于他上身俯得太低,无法看见他的脸,也不知他是个老头儿,还是个小伙儿。

他刚将车拉到大桥坡下,我便从树下一跃而出,大声问:"要帮一把吗?"

他应了一声。我没听清他应的是什么,明白是正需要我"帮一把"的意思,就赶快绕到车后,一点也不隐藏力气地推起来。车上不知拉的何物,非常沉重。还未推到半坡,我便一点力气也没有了,双腿发软,气喘吁吁。那时我才知道,对于有些人来说,钱并非容易挣到的。即使一角钱,也是并非容易挣到的。我还空着肚子呢。又推了几步,实在推不动了,产生了"偷劲"的念头。反正拉车人是看不见我的。我刚刚松懈了一点力气,就觉得车轮顺坡倒转。不行,不容我"偷劲"。那拉车人,也肯定是凭着最后一点力气在坚持,在顽强地向坡上拉。我不忍心"偷劲"了。我咬紧牙关,憋足一股力气,发出一个孩子用力时的哼唷声,一步接一步,机械地向前迈动步子。

车轮忽然转动得迅速起来。我这才知道,已经将车推上了坡,开始下坡了。手推车飞快朝坡下冲,那拉车人身子太轻,压不住车把,反被车把将身子悬起来,腿离了地面,控制不住车的方向。幸亏车的方向并未偏往马路中间,始终贴着人行道边,一直滑到坡底才缓缓停下。

我一直跟在车后跑,车停了,我也站住了。那拉车人刚转过身,我便向他伸出一只手,大声说:"给钱。"那拉车人呆呆地望着我,一动不动,也不掏钱,也不说话。我仰起脸看他,不由得愣住了。"他"……原来是母亲。雨水,混合着汗水,从母亲憔悴的脸上直往下淌。母亲的衣服完全淋透了,像从水里捞出来的一样,湿漉漉地贴在身上,显出了她那瘦削的两肩的轮廓。她胸口剧烈地起伏着,脸色苍白,大口大口地喘着气。

我望着母亲，母亲望着我，我们母子完全怔住了。就在那一天，我得到了那支钢笔，梦寐以求的钢笔。母亲将它放在我手中时，满怀期望地说："孩子，你要用功读书啊。你要是不用功读书，就太对不起妈妈了……"在我的学生时代，我一刻都没有忘记过母亲满怀期望对我说的这番话。如今，二十多年过去了，我已经是个成年人了，母亲变成老太婆了。那支笔，也可以说早已完成它的历史使命了。但我，却要永远保存它，永远珍视它，永远不抛弃它。

我的班主任和语文老师

我永远忘不了这样一件事。

某年冬天，市里要来一个卫生检查团到我们学校检查卫生，班主任吩咐两名同学把守在教室门外，个人卫生不合格的学生，不准进入教室。我是不许进入教室的几名学生之一。我和两名把守在教室门外的学生吵了起来，结果他们从教员室请来了班主任。

班主任上下打量着我，冷起脸问："你为什么今天还要穿这么脏的衣服来上学？"

我说："我就这一件上学的衣服。"

我说的是实话。

老师认为我顶撞了她，更加生气了，又看我的双手，说："回家叫你妈把你两手的皴用砖头蹭干净了再来上学！"接着像扒乱草堆一样乱扒我的头发："瞧你这满头虮子，像撒了一脑袋大米！叫人恶心！回家去吧！这几天别来上学了，检查过后再来上学！"

我的双手，上学前用肥皂反复洗过，用砖头蹭也未必能蹭干净。而手生的皴，不是我所愿意的。

我每天要洗菜、淘米、刷锅、刷碗。家里的破屋子四处透风，连水缸在屋内都结冰,我的手上怎能不生皱?不卫生是很羞耻的,这我也懂。但卫生需要起码的"为了活着"的条件。这一点我的班主任便不懂了。阴暗的,夏天潮湿冬天寒冷的,像地窖一样的一间小屋,破炕上每晚拥挤着大小五口人,四壁和天棚每天起码要掉下三斤土,炉子每天起码要向狭窄的空间飞扬四两灰尘……母亲每天早起晚归去干临时工,根本没有精力照料我们几个孩子,如果我的衣服还干干净净,手上没皱,头上没有虱子,那倒真是咄咄怪事了!

对班主任尖酸刻薄的训斥,我只有含侮忍辱而已。

我两眼涌出泪水,转身就走。

这一幕却被语文老师看到了。

她说:"梁绍生,你别走,跟我来。"扯住我的一只手,将我带到教员室。

她让我放下书包,坐在一把椅子上,又说:"你的头发也够长了,该理一理了,我给你理吧!"说着就离开了办公室。

学校后勤科有一套理发工具,是专为男教师们互相理发用的。我知道她准是取那套理发工具去了。

可是我心里却不想再继续上学了。因为穷,太穷,我在学校里感到一点尊严也没有。而一个孩子需要尊严,正像需要母爱一样。我是全班唯一的免费生。免费对一个小学生来说是精神上的压力和心理上的负担。"你是免费生,你对得起党吗?"哪怕无意识地犯了算不得什么错误的错误,我也会遭到班主任这一类冷言冷语的训斥。我早听够了!

语文老师走出教员室,我便拿起书包逃离了学校。

我一直跑出校园,跑着回家。

"梁绍生,你别跑,别跑呀!小心被汽车撞了呀!"

我听到语文老师的呼喊。她追出了校园,在人行道上跑着追我。

我还是跑。她紧追。

"梁绍生，你别跑了，你要把老师累坏呀！"

我终于不忍心地站住了。

她跑到我跟前，已气喘吁吁。

她说："你不想上学啦？"

我说："是的。"

她说："你才小学四年级，学这点文化将来够干什么用？"

我说："我宁肯和我爸爸一样将来靠力气吃饭，也不在学校里忍受委屈了！"

她说："你这种想法是错误的。小学四年级的文化，将来也当不了一个好工人！"

我说："那我就当一个不好的工人！"

她说："那你将来就会恨你的母校，恨母校所有的老师，尤其会恨我。因为我没能规劝你继续上学！"

我说："我不会恨您的。"

她说："那我自己也不会原谅我自己！"

我满心间自卑、委屈、羞耻和不平，"哇"的一声哭了。

她抚摸着我的头，低声说："别哭，跟老师回学校吧。啊？我知道你们家里生活很穷困，但这不是你的过错，不值得自卑和羞耻。你要使同学们看得起你，每一位老师都喜爱你，今后就得努力学习才是啊！"

我只好顺从地跟她回到了学校。

如今想起这件事，我仍觉后怕。没有这位小学语文老师，依着我从父亲的秉性中继承下来的那种九头牛拉不动的倔强劲，很可能连我母亲也奈何不得我，我当真从小学四年级就弃学了。那么今天我既不可能成为作家，也必然像语文老师说的那样——当不了一个好工人。

狄更斯说过，穷困对于一般人是种不幸，但对于作家也许是种幸运。的确，对我来说，穷困并不仅仅意味着童年生活的不遂人愿。它促使我早熟，促使我从童年起就开始怀疑生活，思考生活，认识生活。虽然我曾千百次地诅咒过穷困，因穷困感到过极大的自卑和羞耻。

我发现自己具有讲故事的"才能"，是在小学二年级。认识字了，语文课本成了我最早阅读的书籍。新课本发下来未过多久，我就先通读一遍了。当时课文中的生字，标有拼音，读起来并不难。

一天，我坐在教室外的楼梯台阶上，正聚精会神地看语文课本，教语文课的女老师走上楼，好奇地问："你在看什么书？"

我立刻站起，规规矩矩地回答："语文课本。"

老师又问："哪一课？"

我说："下堂您要讲的新课——《小山羊看家》。"

"这篇课文你觉得有意思吗？"

"有意思。"

"看过几遍了？"

"两遍。"

"能讲下来吗？"

我犹豫了一下，回答："能。"

上课后，老师把我叫起，对同学们说："这一堂课讲第六课——《小山羊看家》。下面请梁绍生同学先把这一篇课文讲述给我们听。"

我被老师叫起后，开始有些发慌，半天不敢开口。

老师鼓励我："别紧张，能讲述到哪里，就讲述到哪里。"

我在老师的鼓励下，终于开口讲了。

当我讲完后，老师说："你讲得很好，坐下吧！"看得出，老师心里很高兴。

全班同学都很惊异，对我十分羡慕。

一个穷困人家的孩子,他没有任何值得自我炫耀的地方,当他的某一方面"才能"当众得以显示,并且被羡慕,并且受到夸奖,他心里自然充满骄傲。

之后,语文老师每讲新课,总是提前几天告诉我,嘱咐我认真阅读,到讲那一堂新课时,照例先把我叫起,让我首先讲述给同学们听。

我的中学

我的中学时代是我真正开始接受文学作品熏陶的时代。比较起来,我中学以后所读的文学作品,还抵不上我从一九六三年至一九六八年下乡前这五年内所读过的文学作品多。

在小学五六年级,我已读过了许多长篇小说。我读的第一本中国长篇小说是《红旗谱》;读的第一本外国长篇小说是《钢铁是怎样炼成的》。

而在中学我开始知道了托尔斯泰、巴尔扎克、雨果、车尔尼雪夫斯基、陀思妥耶夫斯基、高尔基等外国伟大作家的名字,并开始喜爱上了他们的作品。

我在我的短篇小说《这是一片神奇的土地》中有几处引用了希腊传说中的典故,某些评论家们颇有异议,认为超出了一个中学生的阅读范围。我承认我在引用时,有自我炫耀的心理作怪。但说"超出"了一个中学生的阅读范围,证明这样的评论家根本不了解中学生,起码不了解六十年代的中学生。

我的中学母校是哈尔滨市第二十九中学,一所普通的中学。在我的同学中,读长篇小说根本不是什么新鲜事。不分男女同学,大多数都开始喜欢读长篇小说了。古今中外，凡是能弄到手的都读。一个同学借到或者买到一本好小说，首先会在几个亲密的同学之间传看。传看的圈子往往无法限制，有时扩大到几乎全班。

外国一位著名的作家和一位著名的评论家之间曾经有过下面的有趣而明智的谈话：

作家：最近我结识了一位很有天才的评论家。

评论家：最近我结识了一位很有天才的作家。

作家：他叫什么名字？

评论家：青年。你结识的那位有天才的评论家叫什么名字？

作家：他的名字也叫青年。

青年永远是文学的最真挚的朋友。中学时代正是人的崭新的青年时代。他们通过拥抱文学拥抱生活，他们是最容易被文学作品感动的最广大的读者群。今天我们如果进行一次有意义的社会调查，结果肯定也是如此。

我在中学时代能够读到不少真正的文学作品，还应当感激我的母亲。母亲那时已从铁路上被解雇下来，又在一个加工棉胶鞋鞋帮的条件极差的小工厂参加工作，每月可挣三十几元钱贴补家庭生活。

我们渴望读书。只要是为了买书，母亲给我们钱时从未犹豫过。母亲没有钱，就向邻居借。

家中没有书架，也没有摆书架的地方。母亲为我们腾出一只旧木箱，我们买的书，包上书皮，看过后存放在箱子里。

最先获得买书特权的，是我的哥哥。

哥哥也酷爱文学。我对文学的兴趣，一方面是母亲以讲故事的方式不自觉地培养的结果，另一方面是受哥哥的熏染。

我之所以走上文学道路，哥哥起的作用，不亚于母亲和我的小学语文老师的作用。

六十年代的教学，比今天更体现对学生素养的普遍重视。哥哥高中读的已不是"语文"课本，而是"文学"课本。

哥哥的"文学"课本，便成了我常常阅读的"文学"书籍。有一次，哥哥上"文学"课竟找不到课本了，因为我头一天晚上从哥哥的书包里翻出来看没有放回去。

一册高中生的"文学"课本，其文学内容之丰富，绝不比目前的一本什么文学刊物差，甚至要比目前的某些文学刊物的内容更丰富，水平更优秀。收入高中"文学"课本中的，大抵是古今中外优秀文学作品的章节。古今中外的诗歌、散文、小说、杂文，无所偏废。

"岳飞枪挑小梁王""鲁提辖拳打镇关西""杜十娘怒沉百宝箱"，鲁迅、郁达夫、茅盾、叶圣陶的小说，郭沫若的词，闻一多、拜伦、雪莱、裴多菲的诗，马克·吐温的小说，欧·亨利的小说，高尔基的小说……货真价实的一册综合性文学刊物。

那时的高中"文学"课多么好！

我相信，六十年代的高中生可能有不愿上代数课的，有不愿上物理课、化学课、政治课的，但如果谁不愿上"文学"课则太难理解了！

我到北大荒后，曾当过小学老师和中学老师，教过"语文"。七十年代的中小学"语文"课本，让我这样的老师根本不愿拿起来，远不如"扫盲运动"中的工农课本。

当年，哥哥读过的"文学"课本，我都一册册保存起来，成了我的首批"文学"藏书。哥哥还很舍不得将它们给予我呢！

哥哥无形中取代了母亲家庭"故事员"的角色。每天晚上，他做完功课，便捧起"文学"课本，为我们朗读，我们理解不了的，他就用心启发我们。

一个高中生朗读的"文学"，比一位没有文化的母亲讲的故事当然更是文学的"享受"。某些我曾听母亲讲过的故事，如"牛郎织女""天仙配""白蛇传",由哥哥照着课本一句句朗读给我们听,产生的感受也大不相同。从母亲口中,我是听不到哥哥从高中"文学"课本读出来的那些文学词句的。我从母亲那里获得的是"口头文学"的熏陶,我从哥哥那里获得的才是真正的文学的熏陶。

感激六十年代的高中"文学"教课本的编者们!

哥哥还经常从他的高中同学们手中将一些书借回家里来看。他和他的几名要好的男女同学还组成了一个"阅读小组"。哥哥的高中母校是哈尔滨一中,是重点学校。在他们这些重点学校的喜爱文学的高中生之间,阅读外国名著蔚然成风。他们那个"阅读小组"还有一张大家公用的哈尔滨图书馆的借书证。

哥哥每次借的书,我都请求他看完后迟还几天,让我也看完。哥哥一向满足我的愿望。

可以说我是从大量阅读外国作品开始真正接触文学的。我受哥哥的影响,非常崇拜苏俄文学,至今认为苏俄文学是世界上伟大的文学。当代苏联文学不但继承了俄罗斯文学传统,在借鉴西方现代派文学方面,也比我们捷足先登。当代苏联文学可以明显地看到现实主义和现代派文学的有机结合。苏联电影在这方面进行了更为成功的实践。

回顾我所走过的道路,连自己也能看出某些拙作受苏俄文学的潜移默化的影响,而在文字上则接近翻译体小说。后来才在创作实践中渐渐意识到自己中国民族文学语言的基本功很弱,才开始注重对中国小说的阅读,才开始在实践中补习中国传统小说这一课。

我除了看自己借到的书,看哥哥借到的书,小人书铺是中学时代的"极乐园"。

那时我们家已从安平街搬到光仁街住了。像一般的家庭主妇们新搬到一地,首先关心附近有几家商店一样,我首先寻找的是附近有没有小人书铺。令我感到庆幸的是,那一带的小人书铺真不少。

从我们家搬到光仁街后到我下乡前,我几乎将那一带小人书铺中我认为好的小人书看遍了。

我看小人书,怀着这样的心理:自己阅读长篇小说时头脑中想象出来的人物是否和小人书上画出来的人物形象一致。二者接近,我便高兴。二者相差甚远,我则重新细读某部长篇小说,想要弄明白个所以然。有些长篇小说,就是在这样的情况下读过两遍的。

谈到读长篇,我想到了《红旗谱》,我认为它是新中国成立以来中国最优秀的长篇小说。由《红旗谱》我又想起两件事。

我买《红旗谱》,只有向母亲要钱。为了要钱才去母亲做活的那个条件极差的街道小工厂找母亲。

那个街道小工厂,二百多平方米的四壁颓败的大屋子,低矮、阴暗,天棚倾斜,仿佛随时会塌下来。五六十个家庭妇女,每人坐在一台破旧的缝纫机旁,一双接一双不停歇地加工棉胶鞋鞋帮,到处堆着毡团。空间毡绒弥漫,所有女人都戴口罩。几扇窗子一半陷在地里,无法打开,空气不流通,闷得使人头晕。耳畔脚踏缝纫机的声音响成一片,女工们彼此说话,不得不摘下口罩,扯开嗓子。话一说完,就赶快将口罩戴上。她们一个个紧张得不直腰,不抬头,热得汗流浃背。

有几个身体肥胖的女人,竟只穿着件男人的背心。我站在门口,用目光四处寻找母亲,却认不出在这些女人中,哪一个是我的母亲。

负责给女工们递送毡团的老头问我找谁,我向他说出了母亲的名字。

我这才发现,最里边的角落,有一个瘦小的身躯,背对着我,像八百度的近视眼写字一样,头低垂向缝纫机,正做活。

我走过去,轻轻叫了一声:"妈……"

母亲没听见。

我又叫了一声。

母亲仍未听见。

"妈！"我喊起来。

母亲终于抬起了头。

母亲瘦削而憔悴的脸，被口罩遮住三分之二。口罩已湿了，一层毡绒附着上面，使它变成了毛茸茸的褐色。母亲的头发上衣服上也落满了毡绒，母亲整个人都变成了毛茸茸的褐色。这个角落更缺少光线，更暗。一只可能是一百度的灯泡，悬吊在缝纫机上方，向窒闷的空间继续散热，一股蒸蒸的热气顿时包围了我。缝纫机板上水淋淋的，是母亲滴落的汗。母亲的眼病常年不愈，红红的眼睑夹着黑白混浊的眼睛，目光呆滞地望着我，问："你到这里来干什么？找妈有事？"

"妈，给我两元钱……"我本不想再开口要钱。亲眼看到母亲是这样挣钱的，我心里难受极了。可不想说的话，说了，我追悔莫及。

"买什么？"

"买书……"

母亲不再多问，手伸入衣兜，掏出一卷毛票，默默点数，点够了两元钱递给我。

我犹豫地伸手接过。

我心里内疚极了，一转身跑出去。

我没有用母亲给我那两元钱买《红旗谱》。

几天前母亲生了一场病，什么都不愿吃，只想吃罐头，却没舍得花钱给自己买。

我就用那两元钱，几乎跑遍了道里区的大小食品商店，终于买到了一听山楂罐头，剩下的钱，一分也没花。

母亲下班后，发现了放在桌上的山楂罐头，沉下脸问："谁买的？"

我说："妈，我买的。用你给我那两元钱为你买的。"说着将剩下的钱从兜里掏出来也放在桌上。

"谁叫你这么做的?"母亲生气了。

我讷讷地说:"谁也没叫我这么做,是我自己……妈,我今后再也不向你要钱买书了!"

"你向妈要钱买书妈不给过你吗?"

"给过……"

"那你为什么还说这种话?一听罐头,妈吃不吃又能怎么样呢?还不如你买本书,将来也能保存给你弟弟们看……"

"我……妈,你别去做活了吧!"我扑在母亲怀里,哭了。

母亲变得格外慈爱。她抚摸着我的头发,许久又说:"妈妈不去做活,靠你爸每月寄回家那点钱,日子没法过啊……"

《红旗谱》这本书没买,我心里总觉得是一个很大愿望没实现。

那时我已有了三十多本小人书,我便想到了出租小人书。我的同学中就有出租过小人书的。一天少可得两三毛钱,多可得四五毛钱,再买新书,以此法渐渐增多自己的小人书。

一个星期天,我将自己的全部小人书背着母亲用块旧塑料布包上,带着偷偷溜出家门,来到火车站。在站前广场,铺开塑料布,摆好小人书,坐一旁期待。

火车站是出租小人书的好地方。我的书摊前渐渐围了一圈人,大多是候车或转车的外地人。我不像我的那几个出租过小人书的同学,我不先收钱。我不按小人书的页数决定收几分钱,厚薄一律二分。我预想周到,带了一截粉笔,画线为"界"。要求看书者们必须在"界"内,我自己在"界"外。这既有利于他们,也方便于我。他们可以坐在纪念碑台阶上,我盘腿坐在他们对面,精力集中地注意他们,防止谁贪小便宜将我的书揣入衣兜。看完了的,才许跨出"界"外,一手还书,一手交钱。我"管理"有方,"生意"竟很"兴隆",心中无比喜悦。

"喂,起来,起来!"背后一个声音忽然对我吆喝,一只皮鞋同时踢我屁股。我站起来，转身一看，是位治安警察。"你们，把书都放下！"戴着白手套的手，朝那些看书的人指。人们纷纷站起，将书扔在塑料布上，扫兴离去。治安警察命令："把书包起来。"我情知不妙，一声不敢吭，赶紧用塑料布将书包起来，抱在怀里。

那治安警察将它一把从我怀中夺过去，迈步就走。

我扯住他的袖子嚷："你干什么呀你？"

"干什么？"他一甩胳膊挣脱我的手，"没收了！"

"你凭什么没收我的书呀？"

"凭什么？"他指指写有"治安"二字的袖标，"就凭这个！这里不许出租小人书你知道不知道？"

"我……我不知道，我今后再也不到这儿来出租小人书了！"我央求他，快急哭了。

"那么说你今后还要到别的地方去出租了？"

"不，我不是那个意思，我今后哪儿也不去出租了，你还给我，还给我吧！"

"一本不还！"那个治安警察真是冷酷，说罢大步朝站前派出所走去。

我哇的一声哭了，我追上他，哭哭啼啼，由央求转而哀求。

他被我纠缠火了，厉声喝道："再跟着我，连你也扯到派出所去！"

我害怕了，不敢继续哀求，眼睁睁看着他扬长而去……

我失魂落魄地往家走。那种绝望的心情，犹如破了产的大富翁。

回到家里，我越想越伤心，又大哭了一场，哭得弟弟妹妹们莫名其妙。母亲为了多挣几元钱，星期日也不休息。哥哥问我为什么哭，我不说。哥哥以为我不过受了点别人的欺负，未理睬我，到学校参加什么活动去了。

母亲那天下班挺晚。母亲回到家里，见我躺在炕上，坐到炕边问我怎么了。

我因为我那三十多本小人书全部被没收一下子急病了。我失去了一个"世界"呀！我的心是已经迷上了这个"世界"的呀！

我流着泪，用嘶哑的声音告诉母亲，我的小人书是怎样在火车站被一个治安警察没收的。母亲缓缓站起，无言地离开了我。我迷迷糊糊睡着了，梦中从那个治安警察手中夺回了我全部的小人书。我迷迷糊糊睡了两个多小时，由于嗓子焦灼才醒过来。我那种可怜样子，使母亲为之动容，她带我去讨回了我的小人书。

三天后的中午，哥哥从外面回来，一进门就告诉我，要送我一样礼物，并叫我猜是什么。

那一天是我的生日。生活穷困，无论母亲还是我们几个孩子，是从不过生日的。

我以为哥哥骗我，不猜。

哥哥神秘地从书包取出一本书："你看！"

《红旗谱》！

对我来说，再也没有比它更使我高兴的生日礼物了！

哥哥又从书包取出了两本书："还有呢！"

我激动地夺过一看——《播火记》《烽烟图》！《红旗谱》的两本下部！

我当时还不知道《红旗谱》的下部已经出版。我放下这本，拿起那本，爱不释手。

哥哥说："是妈叫我给你买的。妈给了我一张五元的钱，我手一松，就连同两本下部也给你买回来了。"

我说："妈叫你给我买一本，你却给我买了三本，妈会责备你吧？"

哥哥说："不会的。"

我放下书，心情复杂地走出家门，走到胡同口母亲做活的条件极差的街道小工厂。

我趴在低矮的窗上向里面张望,在那个角落,又看到了母亲瘦小的身影,背朝着我,俯在缝纫机前。缝纫机左边,是一大垛轧好的棉胶鞋鞋帮;右边,是一大堆拍打过的毡团。母亲整个人变成了毛茸茸的褐色。

我心里对母亲说:"妈,我一定爱惜买的每一本书……"却没有想到只有将来当一位作家才算对得起母亲。

至今我仍保持着格外爱惜书的习惯。

小时候想买一本书需鼓足勇气才能够开口向母亲要钱,现在见了好书就非买不可。平日没时间逛书店,出差到外地,则将逛书店当成逛街市的主要内容。往往出差归来,外地的什么特产都没带回,带回一捆书,而大部分又是在北京的书店不难买到的。

买书其实莫如借书。借的书,要尽量挤时间早读完归还。买的书,却并不急于阅读了。虽然如此,依旧见了好书就非买不可。

由于我迷上了文学作品,学习成绩大受影响。我在中学时代,是个中等生。对物理、化学、地理、政治一点兴趣也提不起来,每次考试勉强对付及格。俄语初一上学期考试得过一次最高分——九十五,以后再没及格过。我喜欢上的是语文、历史、代数、几何课。代数、几何所以也能引起我的学习兴趣,因为像旋转魔方。公式定理是死的,解题却需要灵活性。我觉得解代数或几何题也如同写小说。一篇同样内容的小说,要达到内容和形式的高度完美统一,必定也有一种最佳的创作选择。一般的多种多样,最佳的可能仅仅只有一种。重审我自己的作品,平庸的,恰是创作之前没有认真进行角度选择的。所谓粗制滥造,原因概出于此。

初二下学期,我的学习成绩令母亲和哥哥忧郁了,不得不开始限制我读小说。我也唯恐考不上高中,遭人耻笑,就暂时中断了我与文学的"恋爱"。

"文革"风起云涌后,同一天内,我家附近那四个小人书铺,遭到"红卫兵"的彻底"扫荡",却给我个人带来了占有更多图书的机会。我们那条小街住的大多是"下里巴人",竟有四户收破烂的。院内一户,隔街对院一户,街头两户。

他们每天都一手推车一手推车地载回来成捆成捆的书刊。我们院子里那户收破烂的户前屋内书刊铺地。收破烂的姓卢,我称他"卢叔"。他每天一推回书刊来,我是第一个拆捆挑拣的人。不知有多少人,忍痛将他们的藏书当废纸卖掉了。而我成了一个地地道道的"发国难财"的人。《怎么办》《猎人笔记》《白痴》《美国悲剧》《妇女乐园》《白鲸》《堂吉诃德》……一些我原先连书名也没听说过的,或在书店里看到了想买而买不起的书,都是从"卢叔"收回来的书堆里寻找到的。寻找到一两本时,我打声招呼,就拿走了。寻找到五六本时,不好意思白拿走,象征性地交给"卢叔"一两毛钱,就算买下来。学校停课,我极少到学校去,在家里读那些读也读不完的书。同时担起了"家庭主妇"的种种责任。

最使我感到愉快的时刻,是冬天里,母亲下班前,我将"大楂子"淘下饭锅的时刻。那时刻,家中很安静,弟弟妹妹们各自趴在里屋炕上看小人书。我则可以手捧一本自己喜爱的文学作品,坐在小板凳上,守在炉前看锅。"大楂子"粥起码两个小时才能熬熟,两个小时内可以认认真真地读几十页书。有时书中人物的命运引起我的沉思和联想,凝视着火光闪耀的炉口,不免出神。

一九六八年我下乡前,已经有满满的一木箱书。我下乡那一天,将那一木箱书整理了一番,底下铺纸,上面盖纸,落了锁。

我把钥匙交给母亲替我保管,对母亲说:"妈,别让任何人开我的书箱啊!"

母亲理解地回答:"放心吧,就是家里失了火,我也叫你弟弟妹妹先把你的书箱搬出去!"

对较多数已经是作家的人来说,通往文学目标的道路用写满字迹的稿纸铺垫。这条道路不是百米赛跑,是漫长的"马拉松",是必须一步步进行的竞走。这也是一条时时充满了自然淘汰现象的道路。缺少耐力,缺少信心,缺少不断进取精神的人,缺少在某一时期内自甘寂寞的勇气的人,即使"一举成名",声誉鹊起,也可能"昙花一现"——始终"竞走"在文学道路上的大抵是些"苦行僧"。

花儿与少年

有一少年，刚上小学六年级，班主任老师多次对他妈妈说："做好思想准备吧，看来你儿子考上中学的希望不大，即使是一所最最普通的中学。"

同学们也都这么认为，疏远他，还给他起了个绰号"逃学鬼"。

是的，他经常逃学。有时候他妈妈陪他去上学，直至望得见学校了才站住，目送他继续朝学校走去。那时候他妈妈确信，那一天他不会逃学了。

那一天他竟又逃学了。

他逃学的原因是多方面的，最主要的原因是贫穷。贫穷使他交不起学费，买不起新书包。都六年级了，他背的还是上小学一年级时的书包。对于六年级学生，那书包太小了。而且，像他的衣服一样，补了好几块补丁。这使他自惭形秽，也使他的自尊心极其敏感。我们都知道的，那样的自尊心太容易受伤。往往是，其实并没有谁成心以言行伤害他，但是他却已经因为别人的某句话、某种眼神或某种举动，而遭暗算了似的。自卑而又敏感的自尊心，通常总是那样的。处在他那种年龄，很难悟到问题出在自己这儿。

妈妈向他指出过的。

妈妈不止一次说："家里明明穷，你还非爱面子！早料到你打小就活得这么不开心，莫如当初不生你。"

老师也向他指出过的。

老师不止一次当着他的面在班上说："有的同学，居然在作文中写，对于别人穿的新鞋子如何如何羡慕。知道这暴露了什么思想吗……"

在一片肃静中，他低下了他的头——他那从破鞋子里戳出来的肮脏的大脚趾，顿时模糊不清了……

妈妈的话令他产生罪过感。

老师的话令他反感。

于是他曾打算以死来向妈妈赎罪。

于是他敌视老师，敌视同学，敌视学校。

某日，他又逃学了。

他正茫然地走在远离学校的地方，有两个大人与他对行而过。他们是一对新婚夫妻，正在度婚假。

他听到那男人说："咦，这孩子像是我们学校的一名学生！"

他听到那女人说："那你还想问问他为什么没上学呀？"

他正欲跑，手腕已被拽住。

那男人说："我认得你！"

而他，也认出了对方是自己学校的少先队辅导员老师，姓刘。刘老师在学校里组织起了小记者协会，他曾是小记者协会的一员……

那一时刻，他比任何一次无地自容的时刻，都倍感无地自容。

刘老师向新婚妻子郑重地介绍了他，之后目光温和地注视着他，请求道："我代表我亲爱的妻子，诚意邀请你和我们一起去逛公园。怎么样，肯给老师个面子吗？"

他摇头，挣手，没挣脱。不知怎么一来，居然又点了点头……

在公园里，小学六年级学生的顺从，得到了一支奶油冰棒作为奖品。虽然，刘老师为自己和新婚妻子也各买了一支，但他还是愿意相信受到了奖励。

那一日公园里人很少。那只不过是一处山水公园，没有禽兽，即或有，一个"逃学鬼"也没好心情看。

三人坐在林间长椅上吮奶油冰棒，对面是公园的一面铁栅栏，几乎被"爬山虎"的藤叶完全覆盖住了。在稠密的鳞片似的绿叶之间，喇叭花散紫翻红，开得热闹，色彩缤纷乱人眼。

刘老师说，仍记得他是小记者时，写过两篇不错的报道。

他已经很久没听到过称赞的话了，差点哭了，低下头去。

待他吃完冰棒，刘老师又说："老师想知道喇叭花在是骨朵的时候，究竟是什么样的，你能替老师去仔细看看吗？"

他困惑，然而跑过去了。片刻，跑回来告诉老师，所有的喇叭花骨朵都像被扭了一下，它们必须反着那股劲，才能开成花朵。

刘老师笑了，夸他观察得认真。说喇叭花骨朵那种扭着股劲的状态，是在开放前自我保护的本能。说花骨朵基本如此。每一朵花，都只能开放一次。为了唯一的一次开放，自我保护是合乎植物生长规律的。说花瓣越多的花，骨朵越大，也越硬实。是一瓣包一瓣，一层包一层的结果。所以越大越硬的花骨朵，开放的过程越给人以特别紧张的印象。比如大丽花、牡丹、菊花，都是一天几瓣开成花的。说若将人比作花，人太幸运了。花开好开坏，只能开一次。人这一朵花，一生却可以开放许多次。前一两次开得不好不要紧，只要不放弃开好的愿望，一生怎么也会开好一次的。刘老师说他喜欢的花很多。接着念念有词地背诗句，都和花有关。"疏花个个团冰雪，羌笛吹他不下来"——说他喜欢梅花的坚毅；"海棠不惜胭脂色，独立蒙蒙细雨中"——说他喜欢海棠的高洁；刘老师说他也喜欢喇叭花，因为喇叭花是农村里最常见的花，自己便是农民的儿子，家贫，小学没上完就辍学了，是一边放猪一边自学才考上中学的……

一联系到人，他听出，教诲开始了，却没太反感。因为刘老师那样的教诲，他此前从未听到过。

刘老师却没继续教诲下去，话题一转，说星期一将按他的班主任的要求，到他的班级去讲一讲怎样写好作文的问题……

他小声说，从此以后，自己决定不上学了。

老师问："能不能为老师再上一天学？就算是老师的请求。明天是星期六，你还可以不到学校去。你在家写作文吧，关于喇叭花的。如果家长问你为什么不上学，你就说在家写作文是老师给你的任务……"

他听到刘老师的妻子悄语："你不可以这样……"

他听到刘老师却说："可以。"

老师问他："星期六加星期日，两天内你可以写出一篇作文吗？我星期一第三节课到你们班级去，我希望你第二节课前把作文交给我。老师需要有一篇作文可分析、可点评，你为老师再上一天学，行不？"

老师那么诚恳地请求一名学生，不管怎样的一名学生，都是难以拒绝的啊！

他沉默许久，终于吐出一个勉强听得到的字："行……"

他从没那么认真地写过一篇作文，逐字逐句改了几遍。

当妈妈谴责地问他到点了怎么还不去上学时，他理直气壮地回答："没看到我在写作文吗？老师给我的任务！"

星期一，他鼓足勇气，迈入了学校的门，迈入了教室的门。

他在第一节课前，就将作文交给了刘老师。

他为作文起了个很好的题目——《花儿与少年》。

他在作文中写到了人生中的几次开放——刚诞生，发出第一声啼哭时是开放；咿呀学语时是开放；入小学，成为学生的第一天是开放；每一年顺利升级是开放；获得第一份奖状更是心花怒放的时刻……

他在作文中写道：每一朵花骨朵都是想要开放的，每一名小学生都是有荣誉感的。如果他们竟像开不成花朵的花骨朵，那么，给他一点表扬吧！对于他，那等于水分和阳光呀！……老师读他那一篇作文时，教室里又异乎寻常地肃静……

自然，他后来考上了中学。

再后来，考上了大学。

再再后来，成为某大学的教授，教古典诗词。讲起词语与花，一往情深，如同讲初恋和他的她……

我有幸听过他一堂课，和莘莘学子一样极受感染。

去年，他退休了。

他是我的友人，一个温良宽厚之人。

他那一位刘老师，成为我心目中的马卡连柯。

朋友，你知道曾有一本苏联的小说叫《教育的诗篇》吗？

要求每一位老师都是马卡连柯，那太过理想化了。但，每一位老师的教学生涯中，起码有一次机会可以像马卡连柯那样。那么，起码有一名他的学生，在眼看就要成为开不成花朵的花骨朵的情况下，却毕竟开放成花朵了。

即使一个国家解体了，教育的诗性也会长存，因为人类永远需要那一种诗性……

赏悦你的花季

没有学生时代的人生是遗憾的、缺失的人生。而中学时代,是人生花季的第一个"节气"。在这个"节气"里的男孩和女孩,如柳丝之乍绿;如花蕾之欲开;如蚌壳里的沙刚刚包裹上珠衣;如才淌到离泉眼不远的地方,却没形成溪流的山水;如火烧云,即使天上无风,也能不时变幻出美丽的想象……

小学是六年。从初一到高三,也是六年。然而与小学相比,人生的后六年,是质量多么不同的六年啊!男孩和女孩,朦朦胧胧地觉得,自己在某些方面像是大人了。"让我来吧,妈妈!"——当男孩的力气使自己的母亲惊讶时,他心里是多么自得啊。

"爸爸,这件事我能理解。"——当女孩如是说,或者并不说,仅用眼睛表达她那份明白时,实际上她觉得,她仿佛已经能反过来安慰大人了。

而往往也确实如此。父母一从是中学生的儿女那里获得体恤,眼睛是会感动得发湿的。"女儿,你懂事了……""儿子,你快成大人了……"小学生不太能听到父母对他们这么说。中学时代的男孩和女孩,对从父母眼里、心里、话里流露出来的期望,也由此变得相当敏感了。父母的期望、教师的期望、学业的压力,每每使处在中学时代这个"节气"里的男孩和女孩,不禁多了几许成长的烦恼。中学生一烦恼,是连上天都会因而忧郁的。

没有这些烦恼多好呢?

但哪儿又有没有阴天的整个花季呢?

我觉得,中学生应该善于悦赏自己的"节气"。那些烦恼,那些困惑和迷惘,不也是自己这一"节气"的特征吗?知道米兰·昆德拉的那一本书吗?——《生命不能承受之轻》。没有责任的人生,其实也是认识不清自我存在价值的人生。当然也是并无多大意思的人生。

中学时代的男孩和女孩,之所以与小学生不同,正在于他或她从自己所感到的那些烦恼、困惑、迷惘之中,渐悟着自己是中学生的那一份责任。它不必一定是优异的学习成绩,但它一定得有发奋的能动性。

如果连这一点都觉得是强加的,那么就将花季理解得未免太懈怠了。在花季里,百花争妍,那也是花们向大自然证明着的一种自觉愿望啊!

中学时代,一切都应该变得有自觉性了。在这种自觉性的前提下,男孩和女孩请赏悦自己花季的第一个"节气"吧,包括这个"节气"里的霜和雨……

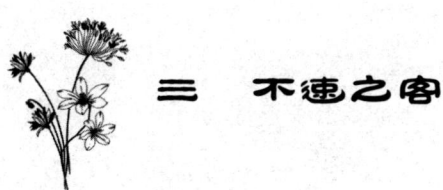 三　不速之客

一只风筝的一生

这是春季里一个明媚的日子。阳光温柔，风儿和煦，鸟儿的歌唱此起彼伏。

一丛年轻的竹，在一户人家后院愉快地交谈。它们都正感觉一种生命蓬勃生长的喜悦，也都在预想和憧憬着它们的将来。有的希望做排，有的希望做桅杆，有的希望做家具，有的希望做工艺品……

还有一个说："我才不希望被做成另外的任何东西呢！我只想永永远远地是我自己，永永远远地是一棵竹！但愿我的根上不断长出笋，让我由一而十，而百，而生发成一片竹林……"

它的话音刚落，有一个男人握着砍刀走来。他是一个专做风筝卖风筝的男人。他这一天又要做一只风筝。

他上下打量那一丛年轻的竹。它们在他那种审视的目光之下，顿时都紧张得叶子瑟瑟发抖。

此刻，对那一丛年轻的竹而言，那个瘦小黝黑、其貌不扬的男人，乃是决定它们命运的人。他使它们感到无比的怵畏。

他的目光终于只瞧着那棵"不希望被做成另外的任何东西"的竹了。他缓缓地举起了砍刀……

不待那棵竹做出哀求的表示,他已一刀砍下——在一阵如同呻吟的折断声中,它的枝叶似乎想要拽住另外那些竹的枝叶,然而它们都屏息敛气,尽量收缩起自己的枝叶避免受它的牵连……

它无助地倒下了……

被拖走了……

做风筝的男人将它剁为几段,选取了其中最满意的一段。接着将那一段劈开,破成了无数篾子。

他只用几条篾子就熟练地扎成了一只风筝的骨架。其余的篾子都收入柜格中去了。而剩下的几段,已对他没什么用处了,被他的女人抱出去,散乱地扔在院子里,只等着晒干后当柴烧。

美丽的、蝶形的风筝很快做好了。它是用兜风性很好的彩绸裱糊成的。

当做风筝的人欣赏着它的时候,风筝得意地畅想着——啊,我诞生了!我是多么漂亮多么轻盈啊!我要高高地飞翔!

后来那风筝就被一位父亲替自己六七岁的儿子买去。

在另一个明媚的日子里,父亲带着儿子将风筝放起来了。它越飞越高,越飞越高,飞到了一只真的蝴蝶所根本不能达到的高度。他们还用彩纸叠了几只小花篮,一只接一只套在风筝线上,让风送给风筝……

许多行人都不由得驻足仰头观望那只美丽的风筝。

风筝也自高空朝地面俯瞰着。

它更加得意了。

它对另一只风筝喊:"瞧,多少人被我的美丽和我达到的高度所吸引呀!我比你飞得高!"

"我比你飞得高!那些人是被我的美丽和我达到的高度所吸引的!"

另一只风筝不服气起来。

"我飞得高!"

"我飞得高!"

"我美丽!"

"我比你美丽!我像蝴蝶,而你像什么呀!不过像一只普通的毛色单一的鸟罢了!"

于是它们在空中争吵。

于是它们都不顾风筝线的松紧,各自拼命往更高处升,都一心想超过对方的高度……

不幸得很,蝶形的风筝,首先挣断了控制它高度和操纵它方向的线,从空中翻着跟头坠落着……

一阵突起的大风将它刮走了……

翌日,一个女人站在自家窗前,若有所思地凝视着它——它被缠在电线上了……

几只麻雀——城市里司空见惯的、最普通、毛色最单一的小东西也落在电线上。它们对那只美丽的、蝶形的风筝感到十分好奇,叽叽喳喳地评论它。不久开始啄它,还大不敬地往它上面拉屎……

第一场雨下起来了……

然后风开始刮得尘土飞扬令人讨厌了……

被缠在电线上的风筝,湿了又干了,干了又湿了。它沾满尘土,肮脏了……

最初它还能吸引一些人的目光。他们一旦发现它,都不禁驻足望它一会儿,都会说出一两句惋惜的话,或内心里产生一些惋惜的想法。

风筝不但肮脏了,而且破了。它的用竹篾编扎成的骨架暴露了,像鱼刺从一条烂鱼的皮下穿出来一样。

一旦发现它的人都赶紧低下头。它容易使人产生不好的联想了。

只有麻雀们仍愿落近它，仍喜欢啄它。当然，更加肆无忌惮地往它上面拉屎。仿佛它变得越狼狈不堪，越使它们感到高兴似的。

还有那个女人，也一直在天天隔窗关注着它由美变丑的过程。

她是一位女散文家。那风筝触发了她的某种文思。于是不久她写成了一篇充满伤感意味的叹物散文发在报上。于是此篇散文一时被四处转载，被收入"散文精品文丛"之类，不久获奖。

女散文家用三千元奖金买了一套时装。

她的亲朋好友都说她穿上那一套时装显得气质特别端庄，特别高贵，总之是特别超凡脱俗。她穿着它出现在文化活动中和社交场合，甚至行走在路上时，常会招来刮目相看的目光。她十分需要这个，这能使她那颗女人的心获得极大的满足。她因此暗暗感激那只被电线缠住的风筝……不，更真实更准确地说，是暗暗感激"俘虏"了那只风筝的电线……

有一位摄影家，从报上读到了女散文家那篇散文，并且，也从报上知道她那篇散文获奖了。

于是有一天，他挎着摄影机，提着三脚架，按照她那篇散文所提供的线索，来到了她家住的那一条街。男摄影家被女散文家以感伤的文字所描写的一只风筝由美变丑的过程所影响，来为那只不幸的风筝拍一张艺术照片。他的初念并没什么功利目的，只不过受那种中年人常常会产生的感事伤怀的心绪的驱使，想以摄影的方式，抒发凭吊某一事物的忧郁情怀罢了。

他选好了角度，支牢三脚架，耐心地期待着光线的变化，连拍了一卷才离去。

他将胶卷冲洗出来惊喜地发现，有一张的意境拍得格外之好。他在暗房中又进行了几次艺术处理，使那一张成了很独特的艺术摄影。

后来他举办了一次个人摄影展，那一张当然也放大了悬置其中，取题为《一只风筝的弥留之际》。

　　他是位颇有名气的摄影家。参观的人不少。许多人都在《一只风筝的弥留之际》前沉思冥想，或故作沉思冥想状。

　　其实那也算不上是一张怎样出色的摄影作品，只不过看了令人觉得感伤忧郁罢了。

　　但当代人的问题是物质生活水平越提高了心情越忧郁，精神生活内容越丰富了精神越空虚，越没多少值得感伤的事了越空前地感伤。这是一种时尚，一种时髦，一种病，一种互相传染而且没什么特效药可治的病。人们都觉得自己也处在弥留之际了似的，包括正年轻着的男女。

　　替摄影家操办摄影展的经纪人，从人们的神情中预测到了这一艺术摄影的商业价值。他起先估计得太低了。他让手下人暗中将出售标价牌为他偷来了，打算再加一个零，或再加两个零……

　　突然响起了一个孩子的哭叫声："这是我的风筝！我到处找过它！我能认出这就是我那只风筝！"

　　这孩子曾因失去了那只风筝而非常难过。他和它之间似乎已存在着一种感情了。

　　他央求他父亲替他将那摄影作品买下……

　　当父亲的不忍拒绝儿子，领着儿子找到了那经纪人。

　　经纪人伸出了一根指头。

　　"一千？"

　　经纪人摇摇头，向那当父亲的出示标价牌———一千后已被加上一个零了。

　　孩子很懂事，知道这完全超出了父亲的经济实力，噙着泪，一步三回头地跟着父亲走了……

　　那摄影作品立即被一位"大款"买定，"大款"倒不太喜欢它。

他喜欢的是当众在别人买不起时，自己一掷万金买下任何东西的那份好感觉。

那摄影作品被一位"大款"以万金买定的事见了报，并且此消息报道配有那摄影作品。

女散文家那天一看报，当即给自己的代理律师拨通了电话——指出这是公然的侵权，甚至是公然的剽窃。因为摄影作品的构思，分明地来自她那篇不但获奖还被收入"散文精品文丛"的散文……

于是一场"版权"官司又见报。

寂寞的报界大喜过望，"炒"得个"天翻地覆慨而慷"。

那当父亲的看到了有关报道，心想若说"版权"，"原始版权"是属于我的呀！

他对女散文家和男摄影家同时进行了起诉，使得报界更加大喜过望。电台、电视台也不甘落后，分头进行采访。由于案例独特，律师界终于被诱上钩，自觉不自觉地卷入了大讨论。媒体推波助澜，使讨论发展成了辩论。于是有经济头脑的人，不失时机地就此事组织了一场法律系大学生们的辩论大赛；于是学生们在电视里唇枪舌剑，势不两立；于是有人从中大发广告效益之财；于是引起一位杂文家对此现象的批评；于是引起另一位杂文家的措辞激烈的"商榷"；于是有人支持前者，有人支持后者，掀起了一场杂文大战，使各报战火弥漫，硝烟滚滚；于是引起一部分社会学家的忧患，而另一部分社会学家认为这一切其实很正常，大可不必杞人忧天……

第二年的春天里的一个日子，在那一户人家后院，那一丛都长高了几节的年轻的竹子，又在愉快地交谈着：

"还记得咱们那个不希望被做成另外的任何东西的兄弟吗？可怜的家伙，结果落了个尸骨不全的下场！"

"嘿，你不提，我们早把它忘了！我一点也不同情它，谁叫它那么狂妄呢！"

那用完了竹篾的男人，又握着砍刀走来了。

竹们顿时全吓得悄无声息，连一片最小的叶子也不敢抖动一下……

又一只美丽的风筝将诞生了。

又一根竹四分五裂了。

许多种美的诞生是以另外许多种美的毁灭为代价的，而在这过程和其后，更会有许多无聊的没意思的事伴随着……

老水车旁的风景

其实，那水车一点都不老。

它是一处旅游地最显眼的标志，旅游地原本是一个村子。两年前，这地方被房地产开发商发现并相中，于是在盖别墅和豪宅的同时，捎带着将这里开发成了旅游景点，使之成了小型的周庄。

在双休日或节假日，城里人络绎不绝地驾车来到这里。吃喝玩乐，纵情欢娱。于是这里有了算命的、画像的、兜售古玩的；村里人终日里耳濡目染，思想迅速地商业化着。

城里人成群结队地到来的时候，必会看到，在那水车旁有一老妪和一少女。老妪七十有几，少女才十六七岁，皆着清朝裳。老妪形容枯瘦憔悴；少女人面桃花，目如秋水，顾盼之际，道是无情却有情。老妪纺线，少女刺绣，成为水车的陪衬，景观中的风景。她们都是景区花钱雇了在那儿摆样给观光客们看的，收入微薄。幸而，若有观光客与她们照相，或可得些小费。老妪是村里的一位孤寡老人，在村里有一间半祖宅。村子受益于旅游业，有了些公款，每月亦给她五十元。老妪是以感激旅游业，对自己能有那样一种营生，甚为满足，终日笑眯眯的。少女是从外地流落到这儿的，像寻蜜的蜂儿一样被这旅游地的兴旺发达吸引来的。她的家在哪里,家境如何,身世怎样,没人知道。曾有好奇的村人问过,少女讳莫如深,每每三缄其口,是以渐无问者。当地人对于外地人,免不了有点欺生。可像她那么一个十六七岁的女孩,讨生活的方式并不危害任何当地人的利益,虽然明明是外省人,但借故欺她,却是不忍心的。不忍相欺归不忍相欺,但对于那来历不明的小姑娘,当地人内心还是有些犯嘀咕。会不会是个小女贼,待人们放松了警惕,待她摸清了各家的情况,抓住对她有利的机会,逐门逐户偷盗个遍,然后逃得无影无踪。据他们所知,省内别的景区发生过这样的事,祸害了当地人的也是个姑娘。只不过是个二十几岁的大姑娘,只不过没有亲自偷盗,而是充当一个偷盗团伙的眼线。那么,她背后也有一个偷盗团伙吗?人们相互提醒着。随后,她的行动,便被置于许多双有责任感的眼睛的监视之下。但她一如既往地对人们有礼貌,还特别感激当地人收留她。难道因为她才十六七岁,还太单纯,看不出别人对她的警惕吗?这么小年龄的女孩走南闯北,会单纯才怪!那么,必是伪装的了。于是,在当地人看来,小女孩还很狡猾……

只有老妪觉得她是个好女孩。

她们成为"同事"几天以后,老妪曾问少女住在哪儿,少女说住在一家饭店的危房里,每天五元钱,晚上还得帮着干两个多小时的活。饭店里有老鼠,她最怕老鼠。"就是每月一百五十元,也花去了我半个来月的工资,还得看主人两口子的眼色……"

少女说得泪汪汪的。

"闺女,住我家吧。我那儿就我一个人,我也喜欢有你这么个伴儿,不会给你气受。"

老妪说得很诚恳。

少女没想到老妪会那么说,正犹豫着该怎么回答,老妪又说:"我一分钱不收你的。"

……

于是，少女作为老妪所希望的一个伴，住到了老妪家里。

于是，少女脸上笑容多了，喜欢和她一块儿照相的观光客多了，小费也多了。最多时，每天能收到五十元。

老妪脸上的皱纹少了。熟悉她那张老面孔的人，发现她脸上几条最深的褶子变浅了，有要舒展开来的迹象了。她脑后的抓髻也好看了，不像以前那么歪歪扭扭的了。她的指甲不再长而不剪，指甲缝也不再黑黢黢的了。她那身"行头"，显然洗得勤了。她的好心情让她的小费也多起来了。

有好心人提醒她："你让那小人精住你那儿去了？千万防着点，万一你那点钱被她偷了，临走连件寿衣都穿不上……"

老妪不爱听那样的话。

她说："走？往哪儿走？人家孩子比我多的钱放那儿都不避我，我那么点钱，防人家干吗？"

她爱听少女的话。

少女常对她说："奶奶，尽量想高兴的事，那样您准能活一百多岁。"

经历了二十几年孑然一身、形影相吊的孤寡生活以后，忽然有了一个朝夕相处的小女伴儿，老妪返老还童了似的。有时，一老一少对面坐着，各点各的钱，还相互换零凑整的……

然而有天老妪忽然失明，接着咯血了。村里不得不派人把她送到县医院，一诊断是癌症，早扩散了。那么老的人了，是农村人，还是个孤寡老人，也只有回家挨着。

村里负责的人就对少女说："她都这样了，你搬走吧，爱住哪儿住哪儿去吧。"少女哭着说："我不搬走。奶奶对我好，我要服侍服侍她……"非亲非故，来历不明，还口口声声"奶奶，奶奶"叫得挺亲，就是不搬走，图什么呢？村里负责的人想到了老妪的一间半祖屋。这个小人精，不图房子，还图什么？于是，在老妪状态稍好的某日，村里负责的人带着一男一女来到了老妪家里，他介绍那男的是县公证处的，女的是位律师。他开门见山地对老妪说，她应该在临死前做出决定，将一间半祖屋留给村里。那屋子是可以改装成门面房的，稍加改装以后，或卖或租，钱数都很可观。

老妪说："行啊！"村里负责的人又说："那你就在这张纸上按个手印吧！"老妪不高兴了："我觉得，我一时死不了。"村里负责的人急了："所以趁你还明白，才让你按手印嘛！"老妪就不理他们三个男女，把身子一转，背朝他们了……

村里负责的人没主意了，找来另外几个有主意的人商议，他们都认为老妪完全有可能被那外省的小妖精蛊惑了，已经按手印留下了什么遗嘱，把一间半祖屋"赠给"那小妖精了。口口相传，几个人所担心的事情，一夜之间，仿佛成了确凿之事。是可忍，孰不可忍，岂能让不相干的人占了便宜？于是全村男女老少同仇敌忾起来。没人愿意去照顾那糊涂的老妪了……少女就连她那份工作也不能干了……

村里人们的心，暗中扭成了一股劲——你不是哭着闹着要服侍吗？你一个人好好服侍吧！服侍得再好也是枉费心机，企图占房子？法庭上见吧！十几天后，老妪走了。老妪攒下的钱不够发送自己，少女为她买了一套寿衣。又过了几天，那少女也消失了，没跟村里任何人告别，也没留下封信……

村里负责的人竟不知拿老妪那一间半祖屋怎么办才好了。景区内的门面房是在涨价，但他不敢自作主张改造、装修或租或售，因为他怕有一天少女突然出现，手里拿一份什么证明，使村里损失了改造费或装修费，甚至落个非法出售或出租的罪名……

那景区至今依然游人如织,那水车至今还在日夜转动。那一间半老屋子,至今还闲置着,越发破败了,再不改造和装修,不久就会倒塌……

小垃圾女

　　我第一次见到她，是在元月下旬的一个日子，刮着五六级风。家居对面，元大都遗址上的高树矮树，皆低俯着它们光秃秃的树冠，表示对冬季之厉色的臣服。偏偏十点左右，商场来电话，通知安装抽油烟机的师傅往我家出发了……

　　前一天我就将旧的抽油烟机卸下来丢弃在楼口外了。它已为我家厨房服役十余年，油污得不成样子。我早就对它腻歪透了。一除去它，上下左右的油污彻底暴露，我得赶在安装师傅到来之前刮擦干净。洗涤灵去污粉之类难起作用，我想到了用湿抹布滚粘了沙子去污的办法。我在外边寻找到些沙子用小盆往回端时，见个十一二岁的女孩，站在铁栅栏旁。我丢弃的那台脏兮兮的抽油烟机，已被她弄到那儿。并且，一半已从栅栏底下弄到栅栏外；另一半，被突出的部分卡住。

　　女孩正使劲跺踏着。她穿得很单薄，衣服裤子旧而且小。脚上是一双夏天穿的扣绊布鞋，破袜子露脚面。两条齐肩小辫，用不同颜色的头绳扎着。她一看见我，立刻停止跺踏，双手攥一根栅栏，双脚蹬在栅栏的横条上，悠荡着身子，仿佛在那儿玩的样子。那儿少了一根铁栅，传达室的朱师傅用粗铁丝拦了几道。对于那女孩来说，钻进钻出仍是很容易的。分明，只要我使她感到害怕，她便会一下子钻出去逃之夭夭。而我为了不使她感到害怕，主动说："孩子，你是没法弄走它的呀！"——倘她由于害怕我仓皇钻出时刮破了衣服，甚或刮伤了哪儿，我内心里肯定会觉得不安的。

她却说："是一个叔叔给我的。"——又开始用她的一只小脚跺踏。

果而有什么"叔叔"给她的话，那么只能是我。我当然没有。

我说："是吗？"

她说："真的。"

我说："你可小心……"

我的话还没说完，她已弯下腰去，一手捂着脚腕了。破裂了的塑料是很锋利的。

我说："唉，扎着了吧？你倒是要这么脏兮兮的东西干什么呢？"

她说："卖钱。"其声细小。说罢抬头望我，泪汪汪的。显然疼的。接着低头看自己捂过脚腕的小手，手掌心上染血了。

我端着半盆沙子，一时因我的明知故问和她小手上的血而呆在那儿。

她又说："我是穷人的女儿。"——其声更细小了。

她的话使我那么地始料不及，我张张嘴，竟不知再说什么好。而商场派来的师傅到了，我只有引领他们回家。他们安装时，我翻出一片创可贴，去给那女孩，却见她蹲在那儿哭，脏兮兮的抽油烟机不见了。

我问哪儿去了？

她说被两个蹬手板车收破烂的大男人抢去了。说他们中一个跳过栅栏，一接一递，没费什么事就成他们的了……

我问能卖多少钱？

她说十元都不止呢，哭得更伤心了。

我替她用创可贴护上了脚腕的伤口，又问："谁教你对人说你是穷人的女儿？"

她说："没人教，我本来就是。"

我不相信没人教她，但也不再问什么。我将她带到家门口，给了她几件不久前清理的旧衣物。

她说："穷人的女儿谢谢您了叔叔。"

我又始料不及，觉得脸上发烧。我兜里有些零钱，本打算掏出全给了她的。但一只手虽已插入兜里，却没往外掏。那女孩的眼，希冀地盯着我那只手和那衣兜。

我说："不用谢，去吧。"

她单肩背起小布包下楼时，我又说："过几天再来，我还有些书刊给你。"

听着她的脚步声消失在外边我才抽出手，不知不觉中竟出了一手的汗。我当时真不明白我是怎么了……

事实上，我早已察觉到了那女孩对我的生活空间的"入侵"。那是一种诡秘的行径。但仅仅诡秘而已，绝不具有任何冒犯的意味，更不具有什么危险的性质。无非是些打算送给朱师傅去卖，暂且放在门外过道的旧物，每每再一出门就不翼而飞了。左邻右舍都曾说撞见过一个小小年纪的"女贼"在偷东西。我想，便是那"穷人的女儿"无疑了……

四五天后的一个早晨我去散步，刚出楼口又一眼看见了她。仍在第一次见到她的地方，她仍然悠荡着身子在玩似的。她也同时看见了我，语调亲昵地叫了声叔叔。而我，若未见她，已将她这一个穷人的女儿忘了。

我驻足问："你怎么又来了？"

她说："我在等您呀叔叔。"——语调中掺入了怯怯的、自感卑贱似的成分。

我说："等我？等我干什么？"

她说："您不是答应再给我些您家不要的东西吗？"

我这才想起对她的许诺，搪塞地说："挺多呢，你也拎不动啊！"

"喏——"她朝一旁翘了翘下巴，一个小车就在她脚旁。说那是"车"，很牵强，只不过是一块带轮子的车底板。显然也是别人家扔的，被她捡了。我问她脚好了吗？她说还贴着创可贴呢，但已经不怎么疼了。之后，一双大眼瞪着我又强调地说："我都等了您几个早晨了。"

我说："女孩，你得知道，我家要处理的东西，一向都是给传达室朱师傅的，已经给了几年了。"——我的言下之意是，不能由于你改变了啊！

她那双大眼睛微微一眯，凝视我片刻说："他家里有个十八九岁的残疾女儿，你喜欢她是不是？"

我不禁笑着点了一下头。"那，一次给她家，一次给我，行不？"——她专执一念地对我进行说服。

我又笑了。我说："前几天刚给过你一次，再有不是该给她家了吗？"

她眨眨眼说："那，你已经给她家几年了，也多轮我几次吧！"

我又想笑，却怎么也笑不起来了，心里一时很觉酸楚，替眼前花蕾之龄的女孩，也替她那张能说会道的小嘴。

我终不忍令她太过失望，二次使她满足……

我第三次见到那女孩，日子已快临近春节了。

我开口便道："这次可没什么东西打发你了。"

女孩说："我不是来要东西的。"——她说从我给她的旧书刊中发现了一个信封，怕我找不到着急，所以接连两三天带在身上，要当面交给我。

那信封封着口，无字。我撕开一看，是稿费单及税单而已。

她问:"很重要吧?"

我说:"是的,很重要,谢谢你。"

她笑了:"咱俩之间还谢什么。"

她那窃喜的模样,如同受到了庄严的表彰。而我却看出了破绽——封口处,留下了两个小小的脏手印。夹在书刊里寄给我的单据,从来是不封信封口的。

好一个狡黠的"穷人的女儿"啊!她对我动的小心眼令我心疼她。

"看——"她将一只脚伸过栅栏,我发现她脚上已穿着双新的棉鞋了,摊儿上卖的那一种。并且,她一偏她的头,故意让我瞧见她的两只小辫已扎着红绫了。

我说:"你今天真漂亮。"

她悠荡着身子说:"我妈妈决定,今年春节我们不回老家了。"

"爸爸是干什么的?"

她略一愣,遂低下了头。

我正后悔自己不该问,她抬起头说:"叔叔,初一早晨我会给您拜年。"

我说不必。她说一定。

我说我也许会睡懒觉。她说那她就等,说您不会初一整天不出家门的呀,说她连拜年的话都想好了:"叔叔马年吉祥,恭喜发财!"

"叔叔我一定来给你拜年!"说完,猛转身一蹦一跳地跑了。两只小辫上扎的红绫,像两只蝴蝶在她左右肩翻飞……

初一我起得很早,倒并不是因为和那"穷人的女儿"有个比较郑重的约会,而是由于三十儿夜晚看一本书看得失眠了。我是个越失眠反而越早起的人,却也不能说与那个比较郑重的约会毫无关系。其实我挺希望初一一大早走出家门,一眼看见一个一身簇新,手脸洗得干干净净,两条齐肩小辫扎得精精神神的小姑娘快活地大声给我拜年:

"叔叔马年吉祥，恭喜发财！"——尽管我不相信那真能给我带来什么财运……

一上午，我多次伫立窗口朝下望，却始终不见那"穷人的女儿"的小身影。下午也是。

到今天为止，我再没见过她，却时而想到她。每一想到，便不由得在内心默默祈祷：

小姑娘，马年吉祥，恭喜发财！

老茶农和他的女儿

一

当女儿的手轻轻推开了窗扇,呵——一阵馥郁的气息随之而至。顿时,她几乎醉了。

那是茶乡的早晨的气息。

城市和乡村的最根本的区别在于——乡村是有气息的,正如婴儿是浑身散发奶味的。而城市没有。

窗外,山丘波状的曲线近在眼前。一行行修剪过的茶树,从山脚至山头,层层叠叠,宛如梯田,使整座山丘成为茶山。

在对面的山腰,有这一户人家的几亩茶树,而房屋的左右两边,也是茶山。后边,是一条河。晚上,汩汩之声,彻夜入耳,那是河的永无休止的絮语,也是这茶乡的人们听惯了的。

孩子们在家乡河的絮语声中长大成人,于是到城市里去试探人生的前途和世界的深浅。或者,像父母辈一样,成为新一代的茶农。近年,这茶乡的年轻人中,前一种越来越多了,后一种越来越少了。因为种茶也像种庄稼一样,一年到头,辛辛苦苦,也挣不到多少钱了。外出的年轻人们,即使在城市里始终没有获得什么有保障的人生,那也还是不情愿回到这茶乡的。偶尔回来，往往是由于自己在城市里闯荡得实在太累了，或者父母病了……

然而芸这一次回到家乡来，却是为了能在一个绝对不受任何干扰的地方潜心完成她的"出站"论文。芸是这个茶乡的骄傲，因为她不但至今仍是这个茶乡唯一考上大学的姑娘，而且现在已经读到博士后了。所以她要完成的论文，也就不是什么一般的毕业论文，而叫"出站"论文。一般人听了，是不太明白的。

芸在清明前十几天就回到茶乡了，那时的南方，天气还没怎么转暖。父亲每天起得很早，悄无声息地做好饭，热在锅里，然后自己便背着茶篓上山采茶去了，有时自己也吃几口饭，有时则连口饭也不吃。芸习惯了熬夜，为将论文写到优等的水平，每天睡得很晚，自然起来得也就很晚，一般总是在八点钟以后才醒。散步，洗漱，吃罢早饭，也就快九点了。一回到房间，便又埋头于写作。等到父亲叫她的时候，肯定便是中午了，那时父亲已采回过一篓茶叶。无论第二篓茶叶采满还是没采满，父亲都会在中午之前及时赶回家里，为的是能让女儿及时吃到午饭。开饭的时间，和大学食堂一样正点。午饭后，父亲刷锅洗碗，闲不住地收拾收拾这儿，打扫打扫那儿。而芸，照例再出去散步一小会儿。等芸散步回来，父亲或者盖件衣服在竹躺椅上睡着了，或者又背着茶篓采茶去了。那么，芸也开始午休了。她往往一觉睡到三点钟，那时父亲已背回了下午采的第一篓茶。父亲总是悄无声息地回来，又悄无声息地离去。那些日子，父亲经常说："茶叶又涨价了。新茶生出得那么快，可是生出的一笔笔钱啊，不采回家里多可惜。"——有时是对芸说，有时是自言自语。对芸说的时候，是在饭桌上。自言自语的时候，是在芸放下碗筷要去散步的时候。那时，芸并不接话的。怕一接话，父亲就跟她说起来没完。对于父亲的自言自语，芸只当是人老了，很普遍的现象。

二

在家乡的日子里，确切地说是在回家的日子里，芸的感觉好极了。芸至今还是一个独身女子。她不是一个漂亮女子，当然也不是一个多么丑的学习机器式的女子，她只不过不漂亮而已。那么对于她，在这个世界上目前只有一个家，便是有父母的地方，便是这个茶乡的这一幢两层的老木屋。它留给她的回忆都是那么温暖。正如她所料想的那样，她写论文的过程没受到过任何干扰。除了在她回到家里的当天，有些乡亲们闻讯来看她，家里再就没人来过。因为父亲和乡亲们打过招呼了。

那天父亲往家院外送乡亲们时，芸听到父亲这么说："我女儿这次回来和往年回来不一样，她这次是为了能安心地写好论文才回来的，那对她将来的前途要紧得很哩！大伙互相转告转告，还没来看过她的，先就不要来了吧，等我女儿写好了论文再来看她也不迟。"第二天吃早饭时，芸关心地问父亲为什么夜里咳嗽不止，并表示愿意陪着父亲到镇里的医院去检查检查。父亲笑了笑，说没什么大不了的，老毛病了，春秋两季常犯的，过了季节就好了。她本想到镇里去替父亲买药的，但一离开饭桌，伏到写字桌上去，不一会儿就忘了。晚上，父亲夹着被褥睡到楼下去了，芸也就没听到过父亲的咳嗽声。

芸有一个哥哥。哥哥嫂子有一个女儿，已经七岁了。哥哥嫂子带着女儿到广州打工去了，若从广州回来就和父亲住在一起。他们还没有自己的家，他们带着孩子到广州去打工，为的就是挣够一笔钱，也好早日盖起一处他们自己的家。而芸的母亲五年前去世了，芸竟没能及时赶回家乡和母亲见上最后一面。

芸在大学里读的是新闻专业，毕业了通常是要当记者的。省城的一家报社在学校里进行招聘活动时，面试后对芸相当满意，基本上是将她预先聘定了，是她自己后来变卦了。大学快毕业的芸，对自己的人生有了更高的追求，觉得当记者太没意思了。

人生的更高的追求，在芸的思想里，肯定是要凭借更高的学历去实现的，于是考研。芸有很好的记忆力，不久便成了本校经济学系的研究生。然而经济学非是她所喜欢的，也不相信学了经济学自己的人生将来便注定获得优越的经济基础，于是又向比更高还高的人生目标发起冲刺。三年后，她成了北京某所大学中文系的博士生，专业方向是中国古典诗词研究，母亲正是在她成为博士生那一年去世的。

母亲去世前，哥哥曾给她写过一封信，告诉她母亲是多么想她，而且病了。那时芸正以"头悬梁，锥刺股"般的刻苦精神备考，哪里会接到哥哥的一封信就十万火急地赶回家呢？等她顺利考完，隔了几天回到家乡时，母亲已成土中之人。芸自然是很悲痛的，她埋怨哥哥不该在信中将母亲的病那么轻描淡写，而哥哥一句话都没说，狠狠瞪她一眼，起身走到外边去了。倒是父亲向她承认，是他不许哥哥在信中写得太明白，怕她着急上火，影响了考博的状态。

事实上，芸是幸运的，在获得研究生文凭以后，也曾有多种在省城就业的机会。但已经获得了研究生文凭的芸，觉得自己的就业人生不该是在省城里开始，而应该是在北京实现。既然自己具有那么强的记忆能力，既然自己那么善于考试，既然考博能使自己特别令人羡慕地成为北京人，干吗不呢？而读博的几年里，芸的日子基本上过得挺快活。人生初级阶段的最后竞争业已获胜，怀抱着不可名状的优越感，芸也有好情绪进行恋爱了。

两次恋爱却都未成功。一次因男方多次地也是公然地蔑视她的博士学位而夭折，一次因她自己的虚荣而告终——那个男人对她倒是无限的崇拜，但是个子比她矮了三厘米。如果她不是博士，仅仅是一名普通的大本毕业生，那么那三厘米的身高差距她也许还是可以包涵的，但是她已经是一位女博士生了啊，于是那三厘米的差距就无论怎么也跨不过去了。然而她倒也没觉得心灵上留下了多么大的创面，疼还是疼过几天的，仅仅几天之后就结痂了，日子便又渐渐恢复了快活的状态。

干吗不快活呢？校园的环境那么美好：两人一间宿舍，博士同学是已婚女子，更多的时候那间宿舍完全属于她自己。如果自己并不向导师请教什么问题，导师是不怎么过问她究竟在干什么的。至于专业呢，古典诗词的背后，有着许许多多或流芳千古或鲜为人知的才子佳人们的爱情故事，对于芸而言，研究那些故事是趣味无穷的，而最主要的心情快活的保障是——她再也不像是大本生和硕士研究生时那么手头拮据了。博士生的生活补助够每月吃饭的了，协助导师编书的报酬也不菲。自己还为某杂志开辟了一个专门介绍古典诗词背后的爱情故事的专栏，颇受好评，杂志社竟给她开出了最高稿酬，每月又是相当稳定的一千来元的入项……

三

昨天晚上，吃罢饭，芸没有像往日一样立刻起身回到自己的房间去。

她说："爸，我的论文写完了！"——说完，伸了个懒腰，一副大功告成的喜悦模样。她对自己的论文质量很满意，也很自信。

父亲望着她，欣慰地说："好啊，写完了好。"

芸又说："我怎么觉得我没瘦，反而胖了呢！"

父亲就笑了，再没说话。

怎么会瘦了呢？

饭桌上几乎顿顿也没断过鱼汤或鸡汤，老茶农对自己是博士的女儿的爱心，全都煨在汤里了。

"爸，我已经决定了明天下午就回北京去。"

"明天就回去？"

"我想学校的环境了。爸，我们的校园可大了，可美了！有湖，还有假山。湖里有野鸭，我想那些野鸭了……"

"女儿，你是不是还要再往下读好几年的书呢？"

"爸，我再也不必考什么学位了！我想，我已经该算是我这个专业的精英了。"

"什么鹰？"

"爸，你别想错了！好比一座宝塔，我已经是塔尖上的人了。"

"好，好啊。女儿，你终于出息了……"

不知为什么，父亲嘴上这么说着，表情却变得忧郁了。

女儿困惑地问："爸，你有什么愁事吗？"

老茶农微微摇头道："没有。女儿，你这么出息，爸爸还会有什么愁事呢？就真有，也不愁了。只是，茶叶又涨价了……"

"茶叶涨价了不是好事吗？"

"是啊，是好事，可我一个人，采不过来啊！"

"爸，那就雇人嘛！"

"雇人倒是省事，但四六分钱，一小半被别人得了，不划算啊！"

"爸，采一斤茶叶能卖多少钱？"

"十二三元呢。"

"那您一天采十斤，不才能卖一百二三十元嘛！爸，您就别计较划算不划算的了，干脆雇人吧！"

"干脆雇人？"

"干脆雇人！"

临睡前,当女儿的塞给父亲一千元钱,说是早就想寄回家来孝敬父亲的。

父亲却无论如何不肯收下。

父亲说:"女儿,我不缺钱,真的不缺。你在北京花销大,还是你留着吧。"

……

四

现在,女儿的皮箱已经放在门口了,单等着听到摩托车的喇叭声,拎起来就走了。

她已归心似箭。

可父亲为什么还不回来呢?

女儿望着山上那些采茶的身影,看不出哪一个是自己的父亲。

可自己一会儿就要走了,父亲为什么一早还要上山去采茶呢?不就多采回一斤茶才能卖十二三元钱吗?

女儿心里正这么责备着父亲,却听到了父亲上楼的脚步声。一转身,父亲已在跟前,手拿一只塑料袋,里边装的是刚煮熟的茶叶蛋。就在此时,一个本村的小伙子,在老屋前按响了他的摩托车喇叭。父亲头天晚上求他用摩托车将芸送到镇上去,镇上有去省城的长途公共汽车……

当芸已经坐在直达北京的特快列车上时,认出坐在自己对面的,竟是邻村的一位远房叔叔。

于是二人亲热地聊了起来。

"叔,到北京干什么去?"

"还能干什么去?打工呗!"

"如今一斤茶就能卖十二三元了，还非得背井离乡地去打工？"

"谁说一斤茶叶能卖十二三元了？"

"我父亲啊。"

"他骗你哩！现而今茶叶不稀罕了，种茶的收入也薄多了。清明前的头遍茶，最高价也就以每斤四五元来收！清明一过，一斤才能卖两元钱！"

"可，可……可我爸他骗我干什么呢？"

"我怎么知道！哎，芸啊，你父亲的病轻了重了？"

"我父亲……我父亲得什么病了？"

"你不知道？你不知道，我倒不好说了……"

"叔，快告诉我……"

"唉，芸啊，你父亲他得的是肺癌啊！他已经是个活一天赚一天的人了啊！"

车轮隆隆……

列车向北，向北……

直达北京，而且特快，自然向北……

那茶乡，那老屋，那驻守着老屋的老父亲，离是博士后的女儿分分秒秒地远着……

车轮隆隆，仿佛在说："回来！回来！"

当女儿的心里霎时明白了——茶叶的价格已经降到两元钱一斤了，而父亲却骗她说涨到十二三元一斤了，分明地，老父亲多希望她这一个是博士后的女儿，能留下帮他采几天茶呀！

茶叶究竟多少钱一斤哪里还重要呢？……

车轮隆隆，仿佛在说："分明，分明……"

是博士后的女儿，顿时省悟了——苦读十四年，年年月月收到过的钱，原来是父亲、母亲、哥哥和嫂子，以每采一斤茶叶才挣几元钱的辛勤劳作成全着她的人生追求啊!

如今母亲已是泉下之人,而父亲说不定哪一天也是了……

自己心里边所装的却是校园湖里的野鸭们……

"唉,芸啊,我觉得你是读书读傻了哩!你父亲身体那么单薄了,脸色那么不好了,你怎么就会一点都没看出来呢?"

女博士早已泪流满面!

她在心里对自己说:"我不是读书读傻了呀,我是……我是……"

车轮隆隆……

列车向北,向北……

车厢里忽然响起了哭声……

不速之客

我想寻找到最能表达我当时心情的话，可我当时竟变得口拙舌笨起来。不经意间，我眼中已淌下了泪……在我们寻常的或不寻常的世俗生活之中，有些事情听来似乎太戏剧化，使人怀疑其意义究竟何在。

然而细细一想，你的心灵不能不为之感动，你会不禁地潸然泪下……

几天前，我家来了一位不速之客，是我一九八五年在新疆认识的一位青年石油工人。算来如今他该是三十多岁的人了。岁月飞逝，大戈壁的风沙在他脸上过早地刻下了皱纹。与大都市的同龄人相比，看去他要老上十岁。

吃过饭，他吞吞吐吐地请求："梁老师，如果，如果可以的话，我想……我想住在您家……只住一宿。明天的火车票我都买好了，一早就走……"

斯时已是晚上九点半了。

我爽快地说："当然可以，好不容易见上一面，你住下，我们也可以从容地多聊聊嘛。"

他笑了。

我又说:"明天退了票,在北京玩几天吧!"

他连连摇头:"那可不行,只有半个月假。在沧州住三五天之后,探亲假就只剩下十天不到了。我老母亲可想我哪……"

我奇怪地问:"那么你到沧州去,并不是……"

他又摇了摇头:"您忘了?我家在大庆嘛!到沧州农村去,是探望我奶奶。我父亲在天津站上车找我,我们一起去沧州……"

我不但奇怪,而且糊涂了。在我记忆中,他奶奶早已去世了……

他见我困惑,于是娓娓道来——

您是知道的,我们石油人中,有不少"父子兵"。比如我和我父亲,就都是石油人。说是"父子兵",别人准以为,可以天天在一起似的,其实不尽然。有时调令一下,一方就得打起行李,跟随所在的大队或小队走。一走,可能就是几千里。父子可能一别就是三四年,甚至七八年,十来年……

他问我——您还记得我们队上的小侯吗?

我说——记得。怎么不记得呢?一下了班就抱着吉他弹起来没完,外号叫"观赏猴"的那小伙子,对不对?

他说——对,就是他。人们都说我俩长得像双胞胎。当年我心里挺烦他的。当年海洋石油公司不是刚组建吗?他认为海洋石油公司是石油战线的"皇家海军",总想调到海洋石油去。领导没批,他就三番五次闹情绪。我是团支部书记,领导让我帮助他,我就一次次找他谈心。可他不跟我谈,还当众讽刺过我……去年十一月份,他死了……

我不禁一怔,停止了吸烟。

因为病?

他摇头。

事故?

他仍摇头。

我不知小侯的死，和他要到沧州去探望一位"奶奶"之间有什么关系。我心中疑团百种。

他也吸起烟来。吸了两口，接着说——

小侯是因公牺牲的。他给地质队去当向导，结果遇到了大风暴。他让别人回大本营，自己留下看守器材。人们找到他的时候，十几万美金进口的器材上盖着他的外衣，保护得好好的，他自己却被沙暴埋住了。人们是从一米多深的沙丘下把他扒出来的。队友们从他的遗物中发现了一封信，是他父亲写给他的。他父亲是一位老石油工人，胜利油田的。再干几年就该退休了。他和他父亲已经九年没见面了。他父亲在信上说，因公要路过兰州。我们油田在兰州有个联络处。他父亲希望他跟领导请求，也给他个因公到兰州出差的机会，那么他们父子俩就可以在兰州站见上一面。火车在兰州停二十分钟。也许，二十分钟对九年间没见过一面的小侯父子，是很可以叙叙父子情吧。总之队友们一一传看了那封信后，都哭了。大家都觉得，还是暂不告诉他父亲真相好。可是如果隐瞒，就必须有一个"小侯"，按日按时赶到兰州，在火车站和他父亲见上一面。自然而然的，大家将目光集中到了我身上。我也明白了大家的意思。于是我就去找队里的领导，请求批准我冒充小侯一次。领导当即就批准了，还方方面面地嘱咐了我一通，怕我和小侯的父亲见面之后露出破绽……

小侯的遗物中还有他父亲的一张照片，可那是他父亲早年的一张照片，之间又隔了九年，凭那张照片，我哪里会认出他父亲啊！

我只好请车站的广播员替我广播广播。广播员是位姑娘，听我讲明来龙去脉，保证地说："放心吧同志，我一定替你清清楚楚地广播三遍。"我望着列车进站后，听着一遍一遍的广播声。当时内心里真是百感交集，也有些忐忑不安，生怕自己到时候不能把角色扮演好。

第三遍还没广播完，我见有一个人匆匆向我走来，我也迎了上去。

我俩在相距两步远的地方同时站住了。他望着我，我望着他。

是他先开口说话的。他问我："儿子，是你吗？"

我说："爸，是我啊！"

我和那人就拥抱在一起。我忍不住哭了，仿佛他真是我亲爱的父亲，仿佛我真是他日夜想念的儿子，仿佛我们真的整整九年没见过面了。

我父亲，也就是小侯的父亲，也落泪了。

后来我们就找了个僻静的地方，蹲下，互相望着，都不停地吸着烟，你一言我一语地聊起来……

聊了一会儿之后，"父亲"似乎起了疑心，从兜里摸出"我"的照片，也就是小侯的照片，低头看片刻照片，抬头看片刻"我"，犹犹豫豫地好一阵，终于下了决心，单刀直入地问："小伙子，别演戏了。说吧，你为什么冒充我儿子？"

我无奈，只有老实交代。

听完我的话，他将一只手拍在我肩上，大动感情地说："儿子，不，对不起，我现在已经不该叫你儿子了。既然你老实交代了，那么我也老实交代吧。我也不是小侯的父亲，小侯的父亲也死在工作岗位上了。和你一样，我也是被大家推选出来，经领导批准，专为了完成这一项任务的……"

我们彼此再也不知道说什么好，互相望着，都默默流泪不止。

第一遍开车铃响过，我们不得不都站起。

"父亲"，不，那个人说："你，可要经常给你妈写信呀！她非常想你呀！"

我也说："你，可要经常给我奶奶写信呀！奶奶非常想你呀！"

小侯有一个双目失明的奶奶，和他的伯父婶子们住在沧州乡下。

后来，那个"冒充"小侯父亲的人，给我写过一封信。信上说，他们队上的一些队友决定，每月凑二百元钱，由他寄给小侯的奶奶。我将信给我们队的队友们传看了。大家也决定，每月凑二百元钱，由我寄给小侯的妈妈……

从一九八五年至今，我们两个油田，两个大队，两个钻井小队的人，除了我和那个人，其余都不曾见过面。但都一直给小侯的奶奶和妈妈寄着钱。小侯的妈妈早已知道了真相。她早已成了我的另一位妈妈似的。去年我还代表队友们去探望过她一次。一个多月前，我收到了老孟，也就是当年"冒充"小侯父亲那个人写给我的信。信上说，小侯的八十三岁的双目失明的奶奶，既想儿子，又想孙子，想得整天磨磨叨叨的。人们不总讲八十四七十三吗？这两个岁数都是老年人的"坎"啊！孟在信中跟我商量，无论怎样，也应该了却老人家的心愿，她在归天之前，和儿子、孙子团圆上几天。说他们队的领导，很理解，为此提前批准了他的探亲假。我将信给我们队的领导看。我们的领导说——这还用请求？也批准你提前探家。我想，这一路上，能节省几元钱就节省几元钱吧！节省了，不是可以多给老人家留下些吗？农村不比城市，就目前来说，几元钱也是钱啊！何况在北京，少于二十元，人生地不熟的，是很难找到地方住的……

我想寻找到最能表达我当时心情的话，可我当时竟变得口拙舌笨起来。不经意间，我眼中已淌下了泪……

这些石油人啊，他们是些感情色彩多么奇特的人啊！

我默默从冰箱里取出了朋友送给我的几盒蜂王浆，递给他，诚挚地说："把我这点心意，也给老人家带去吧！"

狍的眼睛

狍子当归属于鹿的一种。比麝和獐略大，比鹿略小。由于它不像鹿和麝一样——鹿有珍贵的鹿茸、鹿心血，麝香可入药，甚至连它的皮也不像獐的皮一样可制成细软的皮革，所以它无幸列入动物的受保护"名单"。一向被人认为既没什么观赏价值，也没什么经济价值。人养火鸡、鸵鸟、狐、貂，也养山雉和野兔，就是不养狍。

所以狍似乎是动物中的劣种，是山林中的"活动罐头"，任谁都可以设套子套它，或用猎枪射杀它。

东北山林中的鄂伦春人，以狍为主要的猎捕之物，他们吃狍肉很寻常。他们从头到脚穿的、铺的、盖的，几乎全是狍皮制品。狍皮虽然不属珍皮，而且非常容易掉毛，但却有一大优点——阻隔寒潮。鄂伦春猎人在山林中野宿，往往于雪地上铺开三边缝合了的狍皮睡袋，脱光衣服钻进去，只将戴着狍皮帽子的头露在外，连铺带盖都是它了。哪怕零下三十几度的严寒，睡袋内也一夜暖乎乎的。

当年我是知青，在一师一团，地处最北边陲。每月享受九元"寒带地区津贴"。连队三五里外是小山，十几里外是大山。鄂族猎人，常经过我们连，冬季上山，春季下山。连里的老职工、老战士，向鄂族学习，成为出色猎人的不少。当年中国人互比生活水平，论几"大件儿"。连里老职工、老战士们的目标是"四大件儿"——自行车、缝纫机、收音机，加一支双筒猎枪。三四年后，仅我们一个连一百多名知青中，就有半数铺上了狍皮褥子。或向鄂族猎人买的，或向本连老职工、老战士买的。全团七个营四十余个连，往最少了估计，那些年究竟有多少只狍子丧生枪下，可想而知。新狍皮，小的十五元，大的二十元，更大的，也有二十五元一张的，最贵不超过三十元。

"北大荒"的野生动物中，野雉多，狍子也多。所以有"棒打狍子瓢舀鱼，野雉飞到饭锅里"的夸张说法。

狍天生是那种反应不够灵敏的动物，故人叫它们"傻狍子"。人觉得人傻，在当地也这么说："瞧他吧，傻狍子似的！"

狍的确傻。再傻，它见了人还能不跑吗？当然也跑。但它没跑出去多远却会站住，还会扭回头望人，仿佛在想——我跑个什么劲呢？那人不一定打算伤害我吧？——往往就在它望着人发愣之际，砰！猎枪响了……

被猎枪射杀的狍子中，半数左右是这么死的。死得糊涂，死得傻，死得大意。

狍真的很傻，少见那么傻的野生动物。

夜晚，一辆汽车在公路或山路上开着，而一只狍要过路。车灯照住狍，狍就站定在路中央不动了。它似乎想弄明白是怎么回事，为什么那么亮的一片光会照住它？司机一提速，狍被撞死了……

我是知青的六年间，每年都听说几次汽车撞死狍子的事。卡车撞死过狍子，吉普也撞死过狍子，还目睹过两次这样的事。不但汽车撞死过狍子，连拖拉机也撞死过狍子。当年老旧的一批"东方红"链履式拖拉机，即使挂到最高速五挡，那又能快到哪儿去呢！但架不住傻狍子愣是站定在光中不跑哇……

狍的样子其实一点都不傻。非但看上去并不傻，长得还很秀气。知道鹿长得什么样，就想象得到狍长得多么秀气了。狍的耳朵比鹿长一些，眼睛比鹿的眼睛还大。公狍也生角，但却不会长到鹿角那么高，也不会分出鹿角那么多的叉，一般只分两叉。狍不会碎步跑，只会奔跃。但绝不会像鹿奔得那么快，也不会像鹿跃得那么远。狍虽是野生动物，但又显然太缺乏"野外运动"的锻炼。

狍，傻在它那一双大眼睛。

狍的眼中，尤其母狍的眼中，总有那么一种犹犹豫豫、懵懂不知所措的意味。我这里将狍的眼神做一比，仿佛虽到了该论婚嫁的年龄，却仍那么缺乏待人接物的经验，每每陷于窘状的大姑娘的眼神。这样的大姑娘从前的时代是很有一些的，现在不多了。狍发现了人，并不立即就逃。它引颈昂头，凝视着人。也许凝视几秒钟，也许凝视半分钟甚至一分钟之久。要看它在什么情况之下发现了人，以及什么样的人，人在干什么。狍对老人、小孩和女人，戒心尤其不足。

我在连队当小学老师的两年中，有一天带领学生们捡麦穗，冷不丁地从麦捆后站起了一只狍子。它大概在那儿卧着晒太阳来着。一名女学生，离那只狍仅数步远。它没跑，凝视着她。她也凝视着它，蹲在地上，手中抓着把麦穗，一动也不动。别的同学就喊："扑它！扑它呀！"她仿佛聋了，仍一动也不动。于是发喊的同学们就围向它。纷纷将手中装麦穗的小筐小篮掷向它。当时，这些孩子们手中除了小筐小篮，也没另外的任何器物。有的筐篮，还真就准确地掷在狍身上了。当然，并不能使狍受伤。它这才跑。它一慌，非但没向远处跑，反而朝同学们跑来，结果陷于包剿，左冲右突了一阵，才得以向远处逃脱⋯⋯

别的同学就都埋怨那女同学："你怎么比狍子还傻？怎么不扑它呀？"

她说:"我光顾看它眼睛了,它的眼睛可真好看!"

后来,她把这件事写到作文中了,用尽她所掌握的词汇,着实地将狍的眼睛形容了一番。她觉得狍的眼睛像"心眼特实诚的大姑娘的眼睛"。我今天也这么在此形容,坦率地讲,是抄袭我当年的学生。

小学校的校长是转业兵,姓魏,待我如兄弟。他是连队出色的猎手之一。冬季的一天,我随他进山打猎。我们在雪地上发现了两行狍的蹄印。他俯身细看了片刻,很有把握地说肯定是一大一小。顺踪追去,果然看到了一大一小两只狍。体形小些的狍,在我们的追赶下显得格外的灵巧。它分明企图将我们的视线吸引到它自己身上。雪深,人追不快,狍也跑不快。看看那只大狍跑不动了,我们也终于追到猎枪的射程以内了,魏老师的猎枪也举平瞄准了,那体形小些的狍,便用身体将大狍撞开。然后它在大狍的身体前蹿来蹿去,使魏老师的猎枪无法瞄准大狍,开了三枪也没击中。魏老师生气地说:"我的目标明明不在它身上,它怎么偏偏想找死呢!"

但傻狍毕竟斗不过好猎手。终于,它们被我们追上了一座山顶。山下是悬崖,它们无路可逃了。

在仅仅距离它们十几步远处,魏老师站住了,激动地说:"我本来只想打只大的,这下,两只都别活了。回去时我扛大的,你扛小的!"他说罢,举枪瞄准。狍不像鹿或其他动物。它们被迫到绝处,并不自杀。相反,那时它们就目不转睛地望着猎人,或凝视枪口,一副从容就义的样子。那一种从容,简直没法细说。那时它们的眼睛,就像参加"奥运"的体操选手,连出差失,遭到淘汰已成定局,厄运如此,听天由命。某些运动员在那种情况之下,目光不也还是要望向分数显示屏吗?——那是运动员显示最后自尊的意识本能。狍凝视枪口的眼神,也似乎是要向人证明——它们虽是动物,虽被叫傻狍子,但却可以死得如人一样自尊,甚至比人死得还要自尊。

在悬崖的边上，两只狍一前一后，身体贴着身体。体形小些的在前，体形大些的在后。在前的分明想用自己的身体挡住子弹。它眼神中有一种无悔的义不容辞的意味，似乎还有一种侥幸——或许人的猎枪里只剩下了一颗子弹吧……

它们的腹部都因刚才的逃奔而剧烈起伏。它们的头都高昂着，眼睛无比镇定地望着我们——体形小些的狍终于不望我们，将头扭向了大狍，仰望大狍。而大狍则俯下头，用自己的头亲昵地蹭对方的背、颈子。接着，两只狍的脸偎在了一起，两只狍都向上翻它们潮湿的、黑色的、轮廓清楚的唇……并且，吻在了一起！我不知对于动物，那究竟等不等于吻，但事实上的确是——它们那样子多么像一对情人在以相吻诀别啊！

我心中顿生恻隐。正奇怪魏老师为什么还没开枪，向他瞥去，却见他已不知何时将枪垂下了。他说："它们不是一大一小，是夫妻啊！"他嘿嘿然不知说什么好。他又说："看，我们以为是小狍子那一只，其实并不算小呀！它是公的。看出来没有？那只母的是怀孕了啊！所以显得大……"我仍不知该怎么表态。"我现在终于明白了，鄂伦春人不向怀孕的母兽开枪是有道理的！看它们的眼睛！人这种情况下打死它们是要遭天谴的呀！"魏老师说着，就干脆将枪背在肩上了。后来，他盘腿坐在雪地上了，吸着烟，望着两只狍。我也盘腿坐下，陪他吸烟，陪他望着两只狍。我和魏老师在山林中追赶了它们三个多小时。魏老师可以易如反掌地射杀它们了，甚至，可以来个"穿糖葫芦"，一枪击倒两只，但他决定不那样了……我的棉袄里子早已被汗水湿透，魏老师想必也不例外。那一时刻，夕阳橘红色的余晖，漫上山头，将雪地染得像罩了红纱巾……

两只狍在悬崖边相依相偎，身体紧贴着身体，眷眷情深，根本不再理睬我们两个人的存在……那一时刻，我不禁想起了一首古老的鄂

伦春民歌。我在小说《阿依吉伦》中写到过那首歌,那是一首对唱的歌,歌词是这样的:

  小鹿:妈妈,妈妈,你肩膀上挂着什么东西?
  母鹿:我的小女儿,没什么没什么,那只不过是一片树叶子……
  小鹿:妈妈,妈妈,别骗我,那不是树叶子……
  母鹿:我的小女儿,告诉你就告诉你吧,是猎人用枪把我打伤了,血在流啊!
  小鹿:妈妈,妈妈,我的心都为你感到疼啊!让我用舌头把你伤口的血舔尽吧!
  母鹿:我的女儿呀,那是没用的。血还是会从伤口往外流啊,妈妈已经快要死了!你的爸爸早已被猎人杀死了,以后你只有靠自己照顾自己了!和大伙一块儿走的时候,别跑在最前边,也别落在最后边。喝水的时候,别站定了喝,耳朵要时时听着。我的女儿呀,快走吧快走吧,人就要追来了!……

倏忽间我鼻子一阵发酸。
以后,我对动物的目光变得相当敏感起来……

 四 阅读一颗心

写作与语文

每自思忖,我之沉湎于读和写,并且渐成常习,经年又年,进而茧缚于在别人看来单调又呆板的生活方式,主观的客观的原因自然是多方面的。

世上有懒得改变生活方式的人,我即此族同类。

但,我更想说的是,按下原因种种不提——我之爱读爱写,实在也是由于爱语文啊!

我是从小学三年级起开始偏科于语文的。在算术和语文之间,我认为,对于普通的小学三年级生,本是不太会有截然相反的态度的。普通的小学三年级生更爱上语文课,也许只不过因为算术课堂上没有集体朗读的机会。而无论男孩女孩,聚精会神背手端坐一上午或一下午,心理上是很巴望可以大声地集体朗读的机会的。那无疑是对精神疲惫的缓解。倘还有原因,那么大约便是——算术仅以对错为标准,语文的标准还联系着初级美学。每一个汉字的书写过程,其实都是一次结构美学的经验过程。而好的造句则尤其如此了……

记得非常清楚,小学三年级上学期的语文课本中,有一篇《山羊和狼》:山羊妈妈出门打草,临行前叮嘱三只小山羊,千万提防着别被大灰狼骗开了门，妈妈敲门时会唱如下一支歌：

> 小山羊乖乖，把门儿开开，妈妈回来了，妈妈来喂奶……

那是我上学后将要学的第一篇有一个完整故事的课文。它是那么吸引我，以至于我手捧新课本，蹲在教室门外看得入神。语文老师经过，她好奇地问我看的什么书，见是语文课本，眯起眼注视了我几秒……

几天后她讲那篇课文，"我们先请一名同学将新课文的内容叙述给大家听！"接着她把我叫了起来。教室里一片肃静，同学们皆困惑，不知所以然。我一时懵懂，但很快就镇定了下来。普通的孩子对吸引过自己的事物，无论那是什么，都会显示出令大人们惊讶的记忆力。我几乎将课文一字不差地背了下来……同学们对我刮目相看了。那一堂语文课对我意义重大。以后我的语文成绩一直不错，更爱上语文课了。我认为，大人们——家长也罢，托儿所的阿姨也罢，小学或中学教师也罢，在孩子们成长的过程中，若善于发现其爱好，并以适当的方式提供良好的机会，使之得以较充分的表现，乃是必要的。一幅画，一次手工，一个好的造句，一篇作文，头脑中产生的一种想象，一经受到勉励，很可能促使人与文学，与艺术，与科学系成终生之结。

我对语文的偏好一直保持到初中毕业。当年我的人生理想是考哈尔滨师范学校，将来当一名小学语文老师。我的中学老师们和同学们几乎都知道我当年这一理想。"文革"斩断了我对语文的偏爱，于是习写成了我爱语文的继续。获全国小说奖以后，我曾不无得意地作如是想——那么现在，就语文而言，我再也不必因自己实际上只读到初中三年级而自叹浅薄了！在我写作的前十余年始终有这一种得意心理。直至近年才意识到我想错了，语文学识的有限，每每直接影响我写作的质量。

运交华盖欲何求，未敢翻身已碰头。

　　我初三的语文课本中没有鲁迅那一首诗。当然也没谁向我讲解过，"华盖运"是噩运而非幸运。二十余年间我一直望文生义地这么以为——"罩在华丽帷盖下的命运"。也曾疑惑，运既达，"未敢翻身已碰头"句，又该作何解呢？却并不要求自己认认真真查资料，或向人请教，讨个明白。不明白也就罢了，还要写入书中，以其昏昏，使人昏昏。

　　读《雪桥诗话》，有"历下人家十万户，秋来都在雁声中"句，便又想当然地望文生义，自以为是凭高远眺，十万人家历历在目之景。但心中委实常犯嘀咕，总觉得历历在目是不可以缩写为"历下"二字的。所幸同事中有毕业于北师大者，某日有兴，朗朗而诵，其后将心中困惑托出，虔诚就教。答曰："历下"乃指山东济南。幸而未引入写作中，令读者大跌眼镜……

　　儿子高二语文期中考试前，曾问我"身无彩凤双飞翼，心有灵犀一点通"出自何代诗人诗中？我肯定地回答："宋代翰林学士宋子京的《鹧鸪天》。"儿子半信半疑："爸你可别搞错了误导我呀！"我受辱似的说："咄，什么话！就将你爸看得那么学识浅薄？"于是卖弄地向儿子讲"蓬山不远"的文人情爱逸事：子京某日经繁台街，忽然迎面来了几辆宫中车子，闻一香车内有女子娇呼"小宋！"——归后心怅怅然，作《鹧鸪天》云：画毂雕鞍狭路逢，一声肠断绣帘中。身无彩凤双飞翼，心有灵犀一点通……

　　儿子始深信不疑。语文卷上果有此题，结果儿子丢了五分。我不禁嘿嘿然双手出汗。若是高考，五分之差，有可能改写了儿子的人生啊！众所周知，那当然是李商隐的诗句。子京《鹧鸪天》，不过引前人诗句耳。

某日我在办公室中,有同事笑问近来心情,戏言曰:"悲欣交集。"两位同事,一毕业于师大;一先毕业于师大,后为电影学院研究生。听后连呼:高深了!高深了!……一时又不禁疑惑,料想其中必有我不明所以的知识,遂究根问底。他们反问:"真不知道?"我说:"真的啊!别忘了我委实是不能和你们相比的呀,我才只有初三的语文程度啊!"于是告我——乃弘一法师圆寂前的一句话。

我至今也不知"华盖运"何以是噩运。

至今也不知"历下"何以是济南。

所谓知其一不知其二。虽也遍查书典,却终无所获。某日在北京电视台前遇老歌词作家,忍不住虚心就教,竟将前辈也问住了……

几年前,我还将"莘莘学子"望文生义地读作"辛辛"学子。有次在大学里座谈,有"辛辛"之学子递上条子来纠正我。条子上还这么写着——正确的发音是 shēn,请当众读三遍。

我当众读了六遍。自觉自愿地多用拼音法读了三遍,从此不复读错。

在相当长的时期,我仅知"耄耋"二字何意,却怎么也记不住发音。有时就这么想——唉,汉字也太多了,眼熟,不影响用就行了吧!

某次在中国妇女出版社一位编辑的陪同之下出差,机上忍不住请教之。但毕竟记忆力不像小学三年级时了,过耳即忘。空中两小时,所问四五次。发音是记住了,然不明白为什么汉字非用这一词形容八九十岁的老人?是源于汉字的象形呢,还是成词于汉字结构的组意?

三十五六岁后才从诗词中读到"稼穑"一词。

我爱读诗词,除了觉得比自言自语让人看着好些,还有一非常功利之目的——多识生字。没人教我这个只有初三语文程度的作家再学语文了,只有自勉自学了。

一个只有初三语文程度的人,能识多少汉字?不过三千多吧?从前以为,凭了所识三千多汉字,当作家已绰绰有余了吧。我不是已当了不少年的作家,写了几百万字的小说了嘛!

如今则再也不敢这么以为了。三千多汉字,比经过扫盲的人识的字多不到哪儿去呀。所读书渐多,生词陌字也便时时入眼,简直就不敢不自知浅薄。

望文生义,最是小学生学语文的毛病。因为小学生尚识字不多,见了一半认得、一半不认得的字,每蒙着读,猜着理解。这在小学生不失为可爱,毕竟体现着一种学的主动。大抵地,那些字老师以后还会教到,便几乎肯定有纠正错谬的机会。但到了中学高中,倘还有此毛病,则也许渐成习惯。一旦成为习惯,克服起来就不怎么容易了。

并且,会有一种特别不正常的自信,仿佛老师竟那么教过,自己也曾那么学过,遂将错谬在头脑之中误认为正确。倘周围有认真之人,自也有机会被纠正;倘并非如此幸运,那么则也许将错谬当正确,错上几年、十几年,乃至二十几年矣……

"悖论"的"悖"字,我读为"勃"音,大约有三年之久。我中学时当然没学过这个字。而且,我觉得,"悖论"一词,似乎是在"文革"结束以后,八十年代初,才在中国的报刊和中国人的话语中渐被频繁"启用"。也许是因为,中国人终于敢公开地论说悖谬现象了。我是偶尔从北京教育电视台的高中语文辅导节目中知道了"悖"字的正确发音的。

某日我问一位在大学做中文系教授的朋友:"我常将'悖论'说成'勃论',你是否听到过?"他回答:"在几次座谈会上听到你发言时那么说。"又问:"何以不纠正?"回答:"认为你在冷幽默,故意那么说的。"再问:"别人也像你这么认为的?"回答:"想必是的吧？要不怎么别人也没纠正过你呢？你一向板着脸发言，谁知你是真错还是假错？"

我也不仅在语文基础知识方面浅薄到这种地步，在历史常识方面同样地浅薄。记不得在我自己的哪一篇文章中了，我谈到哥白尼坚持"日心说"被宗教势力处以火刑……有读者来信纠正我——被处以火刑的非哥白尼，而是布鲁诺……我不信自己在这一点上居然会错，偷偷翻儿子的历史课本。

我对中国历史上王朝更替，皇室权谋，今天你篡位，明天我登基的事件，一点也不能产生中国许多男人产生的那种大兴趣。一个时期电视里的清代影视多得使我厌烦，屏幕上一出现黄袍马褂我就脑仁疼。但是为了搞清那些令我腻歪的皇老子皇儿皇孙们的关系，我每不惜时间陪母亲看几集，并向母亲请教。老人家倒是能如数家珍——道来。中国的王朝历史真真可恨之极，它使那么多一代又一代的中国人，包括我母亲这样的"职业家庭妇女"，直接地将"历史"二字就简单地理解为皇族家史了……

一个实际上只有初中三年级文化程度的男人成了作家，就一个男人的人生而言，算是幸事；就作家的职业素质而言，则是不幸吧？起码，是遗憾吧？写作的过程迫使我不能离开书，要求我不断地读、读、读……读的过程使我得以延续初中三年级以后的语文学习……我是一个大龄语文自修生。

读，是一种幸福

读书——不，更准确地说，所谓"读"这一种习惯，对我已不啻是一种幸福。这幸福就在日子里，在每一天的宁静的时光里。不消说，人拥有宁静的时光，这本身便是幸福，而宁静的时光因阅读会显得尤其美好。

我的宁静之享受，常在临睡前，或在旅途中。每天上床之后，枕旁无书，我便睡不着，肯定失眠。外出远足，什么都可能忘带，但书是不会忘带的。

书是一个囊括一切的大概念。我最经常看的是人物传记、散文、随笔、杂文、文言小说之类。《读书》《随笔》《读者》《人物》《世界博览》《奥秘》都是我喜欢的刊物，是我的人生之友。前不久，友人开始寄给我《现代世界警察》，看了几期，也喜爱起来。还有就是目前各大报的"星期刊""周末版"或副刊。

要了解我所生活的城市，大而至于我们这个国家、我们这个地球，每天正发生着什么事，将要发生什么事，仅凭晚上看电视里的"新闻"，自然是远远不够的。

"秀才不出门，便知天下事"，是所谓"秀才"聊以自慰的话。

或者是别人们对"秀才"们的揶揄。不过在现代社会里,传播媒介如此之丰富,如此之发达,对于当代人来说,不出门而大致地知道一些"天下事",也是做得到的。知道了又怎样?知道了会丰富我对世界的认识。而这种认识,于我——一个以写作为职业的人来说,则是相当重要的。

妄谈对世界的认识,似乎口气太大了,那么就说对周遭生活的认识吧。正是通过阅读,我感觉到周遭生活之波有时汹涌澎湃,有时潜流涡旋,有时微波涌荡⋯⋯当然,这只是阅读带给我的一方面的兴致。另一方面,通过阅读,我认识了许许多多的人。仿佛每天都有新朋友。我敬爱他们,甘愿以他们为人生的榜样。

同时也仿佛看清了许多"敌人",人类的一切公敌——从人类自身派生出来的到自然环境中对人类起恶影响的事物,我都视为敌人。这一点使我经常感到,爱憎分明于一个人是多么重要的品质。

创作之余,笔滞之时,我会认真地读一会儿文学期刊。若读的正是一篇佳作,便会一口气读完。不管作者认识与否,都会产生读了一篇佳作的满足感。倘是作家朋友们写的,是生活在同一座城市的人,又常忍不住拨电话,将自己读后的满足,传达给对方。这与其说是分享对方的喜悦,莫如说是希望对方分享我的喜悦。倘作者是外地的,还常会忍不住给人家写一封信去。

读,实在是一种幸福。

最后我想说,与我的中学时代相比,现在的中学生,似乎太被学业所压迫了。我的中学时代,是苦于无书可读。买书是买不大起的,尽管那时书价比现在便宜得多。几个同学凑了七八分钱,到小人书铺去看小人书,就是永远值得回忆的往事了。

现在的中学生们,可看的太多了,却又陷入选择的迷惘,并且失去了本该拥有的时间。生活也真是太苛刻了。

我与唐诗宋词

信笔写出以上一行字，我犹豫良久，打算改——因为我对于唐诗、宋词半点学识也没有，只是特别喜欢罢了。单看那一行字，倒像我是一位专门研究唐诗、宋词的专家学者似的。转而一想，左不过就是一篇回忆性小文章的题目，而且，也比较能概括内容，那么不改也罢。

当年我下乡的地方，属于黑龙江边陲的瑷珲县，是中俄边境地带。如果我们知青要回城市探家，必经一个叫"西岗子"的小镇。那镇真是小极了，仅百余户人家，散布在公路两侧，包括一家小旅店、一家小饭馆、一家小杂货铺和理发铺及邮局。"西岗子"设有边境地区检查站，过往行人车辆都须凭"边境通行证"，知青也不例外。

有一年我探家回兵团，由于没搭上车，不得不在"西岗子"的旅店住了一夜。其实，说是旅店，哪儿像旅店呢！住客一间屋，大通铺；一门之隔就是店主一家，老少几口。据说那人家是解放初剿匪烈士的家属，当地政府体恤和关爱他们，允许他们开小旅店谋生。按今天的说法，是"家庭旅店"。

天黑后，我正要睡下，但听门那边有个男人大声喊："二××，瞎啦？你小弟又拉地上了，你没看见呀！快给他擦屁股，再把屎收拾了……"

于是一个十二三岁的小女孩，跑到我们住客这边的屋里来，掀起一角炕席，抄起一本书转身跑回门那边去了……书使我的眼睛一亮。那个年代，对于爱看书的青年，书是珍稀之宝。

一会儿小女孩又回到门这边，掀起炕席欲将书放在原处。我问："什么书啊？"

她摇摇头说："不知道，我不认识字。"

我又问："你刚才拿书干什么去呢？"

她眨着眼说："我小弟拉屎了，我撕几页替他擦屁股呀！"她那模样，仿佛是在反问——书另外还能干什么用呢？

我说："让我看看行吗？"她就默默地将书递给了我。

我翻看了一下，见是一本《唐诗三百首》，前后已都撕得少了十几页。那个年代中国有些造纸厂的质量不过关，书页极薄，似乎也挺适合擦小孩屁股的。

我又是惋惜又是央求地说："给我行不？"

她立刻又摇头道："那可不行。"——见我舍不得还她，又说："你当手纸用几页行。"

我继续央求："我不当手纸用，我是要看的。给我吧！"

她为难地说："这我不敢做主呀！我们这儿的小杂货店里经常断了手纸卖，要给了你，我们用什么当手纸呢？住客又用什么当手纸呢？"

我猛地想到，我的背包里，有为一名知青伙伴从城市带回来的一捆成卷的手纸。便打开背包，取出一卷，商量地问："我用这一卷真正的手纸换行不？"

她说："你包里那么多，你用两卷换吧！"于是我用两卷手纸换下了那一本残缺不全的《唐诗三百首》……

第二天一早，我离开那小旅店时，女孩在门外叫住了我。

"叔叔，我昨天晚上占你便宜了吧？"——不待我开口说什么，她将伸在棉袄衣襟里的一只小手抽了出来，手里竟拿着另一本书。她接着说："这一本书还没撕过呢，也给你吧！这样交换就公平了。我们家人从不占住客的便宜。"

我接过一看，见是《宋词三百首》。封面也破旧了，但毕竟还有封面，依稀可见一行小字是"中国传统文化丛书"。我深深地感动于小女孩的待人之诚，当即掏出一元钱给她，摸了她的头一下，迎着风雪大步朝公路走去……

回到连队，我与知青伙伴发生了一番激烈的争执——他认为那一本完整的《宋词三百首》理应归他，因为是用他的两卷手纸换的；我说才不是呢，用他的两卷手纸换的，是那本残缺不全的《唐诗三百首》，而实际情况是，完整的《宋词三百首》是我用一元钱买下的……

如今想来，当年的争执很可笑。究竟哪一本算是用两卷手纸换的，哪一本算是用一元钱买下的，又怎么争执得清呢？

然而一个事实是——那一本残缺不全的《唐诗三百首》和那一本完整的《宋词三百首》，伴我们度过了多少寂寞的日子，对我们曾很空虚的心灵，起到了抚慰的作用……

当年，我竟也心血来潮写起古体诗词来：

> 轻风戏青草，
> 黄蜂觅黄花。
> 春水一潭静，
> 田蛙几声呱。

如今，《唐诗三百首》和《宋词三百首》已成我的枕边书。都是精装版本，内有优美插图。如今，每捧读这两本书中的一本，便倏然地忆起西岗子，忆起那小女孩，忆起当年之事……

有什么孩子就有什么未来

一

清晨,一名环卫工在收拾一只垃圾桶。看来,附近的居民环境卫生意识不强,垃圾桶并没满,许多垃圾袋却扔在桶外边,有的摔破了,垃圾散乱一地,不但令人嫌恶,还散发着难闻的气味。

环卫工的脸色很不好,他经常面对这样的情况。

一个女人在遛狗,那是一只白毛小狮子狗。小狮子狗拉了一橛狗屎,女人掏出手纸,弯腰将狗屎包起,捏着走向环卫工正在收拾的垃圾桶。

这女人的做法完全正确。

当环卫工正要将套在垃圾桶里的大垃圾袋对扎起来时,女人的手臂从他鼻子底下伸向了垃圾桶。环卫工几乎是本能地一搪胳膊,将女人的手臂搪开了。

女人生气地说:"你搪什么呀你?"

环卫工愣了愣,看一眼女人捏在手里的"纸包",反问:"那是什么?"

"狗屎！"

"不许往垃圾桶里扔！"——环卫工似乎得理了。

"凭什么不许？！"——女人更生气了。

"垃圾桶不是让你扔狗屎的地方！垃圾桶是扔垃圾的地方，垃圾是废弃物，你懂不懂？！"

环卫工不但似乎得理了，而且开始较真了，其实他本不是一个爱和人抬杠的人。

"狗屎不是废弃物吗？！"

"狗屎人屎，都是屎，是屎就应该扔到厕所里去！"

"你！……你一个臭……"

"你才臭呢！"

结果狗屎扔在他身上。

"臭女人，你敢把狗屎往我身上扔？！"

环卫工一把抓住了女人手腕……

于是一些个晨练的人、散步的人、行路的人，纷纷驻足，纷纷围过来了。有的是由于产生了看热闹的心理，有的却是打算相劝的。环卫工坚持让女人赔礼道歉，女人则口口声声说他自找的。

狗屎究竟算不算废弃物也就是算不算垃圾呢？

这关系到狗屎究竟可不可以扔进垃圾桶里。

这似乎成了一个极原则的问题。

是啊，如果这个问题不搞清楚，连几位打算息事宁人的人，都不知该怎么息事怎么宁人了。

于是围观者中有认为狗屎应该算是垃圾的，有认为严格来说不是垃圾的——他们也卷入了争论。

一些个怀着看热闹心理围过来的人很开心，总算没白站住，没白围过来。

那只小狮子狗却早已吓坏了，缩卧于主人脚边，瑟瑟发抖，一个小孩子在安抚它，并说："别怕别怕，不关你的事。"

忽然那孩子站起，大喊："都别吵了！"

众目睽睽之下，那孩子捡起地上包着狗屎的纸包，跑了……

众目睽睽之下，那孩子跑入公共厕所去了——

厕所就在十几米外……

每一个大人都闭上了他们的嘴。

环卫工不由得放开了那女人的手腕。

至于狗屎究竟算不算废弃物也就是算不算垃圾，究竟该扔到垃圾桶里还是该扔到厕所里去，估计至今也没有一种权威的说法。

但那一条街上再也没发生过因为同样的问题而吵架的事。

那孩子肯定也说不清楚。

希望在于孩子。

在于那样的孩子……

二

那一条小街，越来越"自由市场"化了，有关部门治理了几番，无效。近来，连马车也出现了，心安理得地占据着本就不宽的街道，载的是大白菜。

街上还有一所小学校，放学后的孩子们中，有几个对那匹老马感了兴趣。

老马很瘦，被拴在水泥电线杆上。拴它的缰绳很短，使它想抬起头来一下都不可能。在离电线杆一米远的前边，有一堆白菜叶。老马的腹部瘪瘪的，一根根肋骨在皮下凸显出骨痕。它想吃到白菜，但那更不可能了。然而它太想吃到了，于是连那辆装满了白菜的车也被拉向前去。却只能拉向前一点点，结果很短的缰绳就绷紧了，马头因而低下去，马唇都快触到地面了——马眼盯着那一堆白菜叶，然而那只不过是几秒钟之内的事，体现着徒劳无益的坚持。之后车轮就会向后滑，回到原址。老马并没吃到一口白菜叶，它是多么不甘心啊，它的脖子由于较劲而变长了，皮下的血管仿佛要断了……

一个放学的孩子站住，看着那情形。

另几个孩子也站住了，他们是他的同学，估计是些小学三、四年级的孩子。

"看那匹马，多可怜。"

"它可真瘦啊！"

于是这四五个孩子围了过去。

"哎，赶车的，你就不能把缰绳重拴一下，让你的马吃几口菜叶子吗？"

有个孩子替老马向赶车的发出抗议。

赶车人是小伙子，坐在一车的白菜上，正聚精会神地翻一本破破烂烂的武侠小说。他缓缓抬起头扫了孩子们一眼，没好气地说："你管呢！一边去，最讨厌你们城里这些势利眼的小崽子了！"

孩子们的好心好意反而成了自讨没趣，互相看看，就都默默离开了。

有个孩子走着走着又站住了，他一转身跑回去，接着捧起些菜叶，放在老马能吃到的地方。

另外几个孩子也都跑回去了，也都像他那么做。

赶车的小伙子再扫他们一眼，这次没骂他们，而偏偏此时出了不好的事——一辆私家车从马车旁经过，与马车发生了剐蹭。

车上下来个五大三粗的汉子，双手叉腰，不拿好眼色瞪车上的小伙子。

小伙子嘟哝："你瞪我干什么呀？是你的车又不是……"

"你还有理了你！"

汉子跨前一步，抓住小伙子一只脚，将小伙子拽下了马车，拳打脚踢。

"有理讲理，不许欺负乡下人！"

周围形形色色的人们愤愤不平。

小伙子从车上操起了一把削白菜的刀……

汉子怯了，拔腿便跑……

小伙子鼻孔里流出血来，哪里肯罢休，穷追不舍……

私家车里传出一个女人的尖叫："不好了，有人要杀人了，救命啊！"

一时交通堵塞，街面大乱……

天快黑时小伙子才回来，他在派出所最惦记的就是他的马车和一马车大白菜。

他那一马车大白菜真是好，白是白，绿是绿。

马车还在，菜，并没被抢光。

那几个孩子，也都在。

他们中的一个，小声说："我们为你担心，怕你闹出事来……"

另一个朝他伸出了一只手，"有我们替你看着呢，没人动你的白菜，我们还帮你卖了十几斤，这是钱，你点点……"

小伙子没接钱，忽然从车上抱起白菜，硬给孩子们。"抱着抱着，别不要，他不要你要……"

那个手攥钱的孩子，趁机将钱塞入他兜里了。

而另外几个孩子，背手，后退。

"只要你以后，对这匹老马好一点，就等于谢我们了……"一个更小的声音这么说。

"我……我再赶着马车进城……就……我就连你们几个孩子都对不起……"

小伙子的话，听来有些哽咽。

希望在于孩子。

在于那样一些孩子……

三

依我看来，我的学生们也是一群孩子，尤其刚入校的大一学生们。想想吧，两个月前他们还是高中生呀，怎么不是些孩子呢？

我给他们上大课时，往往提醒："同学们，你们一定要意识到，从现在起，你们已经不再是孩子了！"

那时他们的表情，便都深沉起来，似乎对于孩子的身份，有点依恋，对于将被视为大人，有点惝惶。

某节课上，我请一名新生读一篇发表在《文音》上的散文。《文音》是我们北京语言大学中文系学生们办的刊物，那篇散文是一名大四女生所写，我觉得是一篇体现真情实感的散文，推荐为习写范文。

站起来读的是一名女生，她声音小，带有明显的地方口音，所以她读完一小段时，我就请她坐下，而让另一名女生接着读。

全班都能听得清楚第二名女生的声音了，但我心里其实还是不很满意，认为并没将那一篇散文的感情色彩读出来。

这时我发现有一名女生，侧着脸，目不转睛地望着她的同学，听得十分认真，简直可以说是在忘我地听、欣赏地听。

于是我让这名女生接着读。

她仅读了几行，全班便鸦雀无声，安静了。

因为，她读得竟是那么好！她竟能那么快地领悟到那一篇散文的感情元素，并且以自己的语调进行了特别适当的提升。

当她读罢，教室里安静如前。

我问："她读得如何？"

顿时响起掌声。

我又问第二名读过的女生："你认为呢？"

她说："如果我读得及格，那么她理应获得满分。"

我再问第一名读过的女生："你也这么认为吗？"

她说："等于是在享受。"

那一名读得很好的女生脸红了，小声说："老师，我从小学三年级起就受到过专业人士的朗读指导，以我和她俩比，对她俩太不公平了。"

当此三名刚刚成为大学中文学子的女生说话时，我一一注视她们的表情。我从她们的脸上看出，她们所说的话都是非常真诚的。

我又说："我提议大家再鼓一次掌。"

于是教室里第二次响起了掌声。

那时我心里已起了一种欣慰的感动。

我接着说："散文本身自然是一篇较好的散文，值得大家鼓一次掌。但我提议第二次鼓掌，实则是为在座的同学们自己。为什么呢？因为我们正处在一个相当浮躁的时代。这时代的浮躁，也必或多或少地折射在同学们身上，而被浮躁所浸淫的人的一个特点，那就是不愿正视别人在某一方面比自己强比自己好这样一个事实。听不得别人受到称赞，一旦听了是很不服气的。若要自己再说出称赞的话，那就更难了。而这样一种现象，在比你们多活了几十年的人的社会关系中，我已司空见惯。'罔谈彼短，靡恃己长'这一句古话，在今天的现实生活中往往反了过来。伐矜好专的现象，却屡见不鲜。这样的毛病，在老师自己身上，亦时有所现，故老师要常用'无猖狂以自彰，当阴沉以自深'这一句古话来告诫自己。今天，依我看来，同学们身上，尚无当惭偏矜的毛病，而这是单纯的特征。单纯不应被曲解为头脑简单，更多的时候证明心灵美好，没受污染，这是难能可贵。我愿同学们在以后的人生中，能保持多么长久，就尽量保持多么长久。老师和你们一起鼓掌，实乃为你们的单纯而不由自主……"

我说时，以为那些大一的学子们，未必真会理解我的感动、我的欣慰以及我说那一大番话的良苦用心。

然而我错了。

片刻的肃静之后，教室里响起了第三次掌声……

是的，在我看来，我的学生们，也是些孩子们。

面对那样一些已成为大学学子的孩子们，无论他们喜不喜欢中文这一门专业，我都应该发自内心地喜欢他们。

社会看待他们的"眼"，有时未免太聚焦于他们的成功，却往往不以为然似的忽略了他们另外一些值得称赞和欣赏的方面。而那样一些方面，在他们的心中，在他们的人性纹理里，体现在他们身上的那些细微的"东西"，对于任何一个国家的明天都是重要的。

希望尤其在于已是大学学子的孩子们……

四

一天，我应邀去到某小学，和那里的语文老师们交流教学方法。他们送我离开时，经过一间教室，但听里边争吵之声激烈，我不由得停住了脚步。

一位老师告诉我，是些小学四年级的孩子在竞选班级和年级的干部，问我是否有兴趣进去感受感受气氛。

我说兴趣是有的，但不必进去了。

于是对方中有人陪我在教室门外"偷听"。

"别吵别吵,同学们安静下来,咱们要严格按照民主程序进行——同意他担任全校少先队中队长的选举代表请举手,不同意的请举手,弃权的请举手……同意的代表超过半数,符合法定人数……"

"不行不行,这样就通过了不行!"

"怎么不行怎么不行?就行!"

"就不行!你为什么不问问谁反对?!"

"不同意不就等于反对吗?"

"不等于!比如我,不仅不同意,而且强烈反对!"

"那你刚才不举手?!"

"你说的是不同意的请举手,又没说反对的请举手!他拉选票,所以我强烈反对!"

"我也反对!"

"拉选票是允许的!竞选能不拉选票吗?"

"可他是以不正当的方式拉选票!谁选他他就答应给谁一张《哈利·波特》的光盘,还是盗版的!他已经没资格竞选了!"

"可我都做检讨了!"

"你的检讨不深刻!"

"你说不深刻就不深刻吗?!"

"大家瞧瞧他这种态度,能让大家相信他的检讨是深刻的吗?"

我听得心惊肉跳,唯恐孩子们打起来,建议一位老师快去控制局面。

不料那位老师淡淡一笑,说没事的,绝对打不起来,小学的学生干部,从二年级就开始实行普选了,孩子们的热情特高,不顺利的时候在所难免,但最终还是会由孩子们平息了风波,使选举继续下去……

我问她——您知道不同意和反对是不是一回事吗?

她愣了愣，不无惭愧地说自己不清楚，又说你应该比我清楚。

我虽经历过多次选举，但对不同意和反对是不是一回事一样不甚了了。

"那……那我现在再检讨一次，行了吧？"

"这还差不多！"

"你早这么请求，大家不是早就原谅你了嘛！"

"安静安静！我提议给他一次机会，让他再做一次检讨！"

听着教室里那些个小学四年级的孩子一会儿吵吵嚷嚷，一会儿又异常安静的竞选过程，我和他们的老师们互相望着，都陷入沉思默想……

希望在于孩子。

希望在于明天。中国有怎样的孩子，便必有怎样的明天。

我不禁联想到了小时候经常唱的两句歌：

准备好了吗？

时刻准备着……

我们的孩子，比我这一代人是孩子的时候，还是要强啊！

文明的尺度

某些词汇似乎具有无限丰富的内涵，因而人若想领会它的全部意思并非一件简单的事情。比如宇宙，比如时间。不是专家，不太能说清楚。即使听专家讲解，没有一定常识的人，也不太容易真的听明白。但在现实生活之中，却仿佛谁都知道宇宙是怎么回事，时间是怎么回事。

为什么呢？因为宇宙和时间作为一种现象，或曰作为一种概念，已经被人们极其寻常化地纳入一般认识范畴了。大气层以外是宇宙空间。一年十二个月，一天二十四小时，每小时六十分钟，每分钟六十秒。

这些基本的认识，使我们确信我们生存于怎样的一种空间，以及怎样的一种时间流程中。这些基本的认识对于我们很重要，使我们明白作为单位的一个人其实很渺小，"奄乎若飙尘"。也使我们明白，"人生易老天难老"，人类应敬畏时间对人类所做的种种之事的考验。由是，我们的人生观价值观大受影响。

对于普通的人们，具有如上的基本认识，足矣。

"文明"也是一个类似的词。

东西方都有关于"文明"的简史，每一本都比霍金的《时间简史》厚得多。世界各国，也都有一批研究文明的专家。

一种人类的认识现象是有趣也发人深省的——人类对宇宙的认识首先是从对它的误解开始的，人类对时间的概念首先是从应用的方面来界定的。而人类对于文明的认识，首先源于情绪上、心理上，进而是思想上、精神上对于不文明现象的嫌恶和强烈反对。当人类宣布某现象为第一种"不文明"现象时，真正的文明即从那时开始。正如霍金诠释时间的概念是从宇宙大爆炸开始。

文明之意识究竟从多大程度上改变了并且还将继续改变我们人类的思想方法和行为方式，这是我根本说不清的。但是我知道它确实使别人变得比我们自己可爱得多。

二十世纪八十年代我曾和林斤澜、柳溪两位老作家访法。一个风雨天，我们所乘的汽车驶在乡间道路上。在我们前边有一辆汽车，从车后窗可以看清，内中显然是一家人。丈夫开车，旁边是妻子，后座是两个小女儿。他们的车轮扬起的尘土，一阵阵落在我们的车前窗上。而且，那条曲折的乡间道路没法超车。终于到了一个足以超车的拐弯处，前边的车停住了。开车的丈夫下了车，向我们的车走来。为我们开车的是法国外交部的一名翻译，法国青年。于是他摇下车窗，用法语跟对方说了半天。后来，我们的车开到前边去了。

我问翻译："你们说了些什么？"

他说，对方坚持让他将车开到前边去。

我挺奇怪，问为什么。

他说，对方认为，自己的车始终开在前边，对我们太不公平。对方说，自己的车始终开在前边，自己根本没法开得心安理得。

而我，默默地，想到了那法国父亲的两个小女儿。她们必从父亲身上受到了一种教育，那就是——某些明显有利于自己的事，并不一定真的是天经地义之事。

隔日我们的车在路上撞着了一只农家犬。是的，只不过是"碰"了那犬一下。只不过它叫着跑开时，一条后腿稍微有那么一点瘸，稍微而已。法国青年却将车停下了，去找养那只犬的人家。十几分钟后回来，说没找到。半小时后，我们决定在一个小镇的快餐店吃午饭，那法国青年说他还是得开车回去找一下，说要不，他心里很别扭。是的，他当时就是用汉语说了"心里很别扭"五个字。而我，出于一种了解的念头，决定陪他去找。终于找到了养那条犬的一户农家，而那条犬已经安然无事了。于是郑重道歉，主动留下名片、车号、驾照号码……回来时，他心里不"别扭"了。接下来的一路，又有说有笑了。

我想，文明一定不是要刻意做给别人看的一件事情。它应该首先成为使自己愉快并且自然而然的一件事情。正如那位带着全家人旅行的父亲，他不那么做，就没法"心安理得"。正如我们的翻译，不那么做就"心里很别扭"。

中国也大，人口也多，百分之八九十的人口，其实还没达到物质方面的小康生活水平。腐败、官僚主义、失业率、日愈严重的贫富不均，所有负面的社会现象，决定了我们中国人的文明，只能从底线上培养起来。二十世纪初，全世界才十六亿多人口。而现在，中国人口只略少于一百年前的世界人口而已。

所以，我们不能对我们的同胞在文明方面有太脱离实际的要求。无论我们的动机多么良好，我们的期待都应搁置在文明底线上。而即使在文明的底线上，我们中国人一定要改变一下自己的方面也是很多的。比如袖手围观溺水者的挣扎，其乐无穷，这是我们的某些同胞一向并不心里"别扭"的事，我们要想法子使他们以后觉得仅仅围观而毫无营救之念是"心里很别扭"的事。比如随地吐痰、当街对骂，从前并不想到旁边有孩子，以后人人应该想到一下的。比如中国之社会财富的分配不公，难道是天经地义的吗？我们听到了太多太多堂而皇之、天经地义的理论。当并不真的是天经地义的事被说成仿佛真的是天经地义的事时，上公共汽车时也就少有谦让现象，随地吐痰也就往往是一件大痛其快的事了。

中国不能回避一个关于所谓文明的深层问题，那就是——文明概念在高准则方面的林林总总的"心安理得"，怎样抵消了人们寄托于文明底线方面的良好愿望？

我们几乎天天离不开肥皂，但肥皂反而是我们说得最少的一个词；"文明"这个词我们已说得太多，乃因为它还没成为我们生活内容里自然而然的事情。

这需要中国有许多父亲，像那位法国父亲一样自然而然地体现某些言行……